Asia Jilimpo

陳明仁

台語文學有聲冊

抛荒的故事

第一輯：田庄傳奇紀事

(1書+2CD光碟)

前衛出版
AVANGUARD

第一輯「友情贊助」
徵信名錄

3萬元

蔡紹芬

20套

丁文棋　林晢陽＆李秀卿　廖彬良　劉泗水

10套

李智貴　邱文錫　曾堯生

6套

林塑育　陳榮興

4套

吳國禎　周定邦　林承謨　張淑眞　許立昌

鄭安住

3套

吳正任　詹金枝　邱善雄

2套

王相睦　王美麗　田孟淑　江淑慧　余陽輝
呂家華　宋澤萊　李芳枝　周清玉　林炳村
林裕凱　林鏗良　屏東縣里港國小　施文儀
洪清峰　徐芧美　張明祥　陳世宗　陳正雄
陳伯仲　陳春玉　陳素華　陳新典　陳瓊楣
曾雅禎　馮勝雄　黃秀枝　黃惠玲　楊森安
劉沛慈　蔣爲文　穆伊莉　高成炎

1套

Teng Hong-tin　丁鳳珍　丁樹金　王文榮
王成章　王宗傑　王怡仁　王怡文　王林芝玫
王品喬　王姿云　王春智　王淑珍　王滿惠
王瑰嬪　王藝明　王麗卿　王耀聰
台灣羅馬字協會仁武分會讀冊會　江夫美
江宛容　江健斌　江澄樹　余寧昱　余麗美
吳兩岸　吳春全　吳英蘭　吳梅鳳　吳淑文
吳淑鈴　吳靜玫　呂美智　宋雲浩　李月滿

李正輝　李宏澤　李怡志　李林坡　李青青
李莉莉　李勤岸　李維林　李麗純　沈秀雄
周淑紫　林正雄　林如卿　林秀華　林言道
林芙安　林俞伶　林重謨　林振山　林素合
林淇瀁　林淑娟　林勤昌　林愛華　林瑞典
林碧珠　邵詠舜　屏東縣建國國小　施　氷
施芳姿　施瑞樓　柯柏榮　柯慈儀　洪月玲
洪余露　洪美雪　徐華美　翁淑玫
高雄市台灣文化促進協會　張文生　張玉琴
張炳森　張敏靜　張逸嫻　張經仕　張麗雪
許佳玲　許虹蓉　許銘祥　連惠桃　郭文卿
郭宇喬　郭明珠　郭茂林　郭素勲　郭賢章
郭麗娟　陳又嘉　陳永鑫　陳志宏　陳秀雲
陳怡君　陳林淑金　陳金花　陳金虎
陳金鑾　陳俊仁　陳俐蒨　陳保琳　陳冠彣
陳品仙　陳春美　陳秋金　陳美雪　陳英專
陳茂賢　陳泰宏　陳泰然　陳素年　陳國炎
陳淑慧　陳勝茂　陳貴山　陳榮欣　陳德義
陳慧如　陳瑩恩　陳豐惠　陳謕琝　陸秀雲
曾秀玲　曾姿綾　曾崑池　曾麗華　游玉祥

程俊源	黃士玲	黃文章	黃永雪	黃仲容
黃吉德	黃明麗	黃阿惠	黃南海	黃紀子
黃淑慧	黃惠明	黃詠綺	黃榮泰	黃韻如
黃麗葉	楊士本	楊允言	楊玉君	楊秀曼
楊秀琴	楊美芬	楊素卿	楊婷鈞	葉玲玲
趙天福	劉千銘	劉玉華	劉東和	劉媛華
劉道仁	劉碧如	歐財榮	潘盈朱	潘景新
潘湘羚	潘靜竹	蔡志嘉	蔡秀華	蔡宛儒
蔡幸紋	蔡美芳	蔡素珠	蔡詠淯	蔡慶川
蔣文彥	蔣日盈	鄭文海	鄭正輝	鄭　美
鄭素惠	鄭雅雯	盧義光	蕭文家	蕭平治
蕭亦哲	蕭如芳	蕭奕秋	蕭素晴	蕭逸琳
蕭慈容	蕭嘉儀	蕭睿儀	應鳳凰	謝依純
謝惠貞	謝慧貞	簡俊能	簡秋榮	簡櫻汝
羅芳州	蘇世雄	蘇建華	蘇美燕	龔韻秋

(贊助名單至2012年9月底止)

目次

桌頭按語 /番仔火

一、本冊：《抛荒的故事》，前身為台文作家 Asia Jilimpo (陳明仁)所寫「教羅漢字版」台語散文故事集《Pha 荒 ê 故事》，改寫為「台羅漢字版」(書後仍附陳明仁教羅漢字版原著文本，已有台語文閱讀基礎者可直接閱讀)，以故事屬性分輯，配有聲冊型式再出版。分輯篇目請見書後所附《抛荒的故事》有聲出版計畫表。

二、本冊所用台語羅馬字音標符號，依據教育部所公佈之「台灣閩南語羅馬字拼音方案」(簡稱台羅拼音)。其音標標記符號，請參酌書末所附「台灣羅馬字音標符號及對應例字」，應該是幾小時內就可以學會。

三、本冊所用台語漢字，主要依據教育部「台灣閩南語常用辭典」用字，僅有極少部分不明確或有爭議的台音漢字，仍以羅馬字先行標寫，完全不妨礙閱讀連貫性。至於其「正字」或「本字」，期待方家、學者有以教正。

四、本冊顧慮到多數台語文初學者易於進入情況，凡每篇第一次出現的「台語生字」，都盡可能在行文當頁下方標註羅馬音標及中文註解，字音字義對照，一目瞭然。

五、本冊爲「漢羅台語文學」，閱讀先決條件是：1.用台灣話思考；2.學會羅馬字音標。已經定型習慣華文的讀者，初學或許會格格不入，但只要會聽、講台語，腦筋轉一下，反覆拿捏體會練習，自然迎刃而解。

六、本冊另精心製作有聲 CD，用口白唸讀及精緻配樂型態呈現台語文學境界，其口白唸讀和文本文字都一音一字精準對應，初學者可資對照學習。但即使不看文本，光是聽 CD，也可以充分感覺台語的美氣，台灣的鄉土味、人情味，農村社會的在地情景，以及用文學表現出來的故事性、趣味性，的確是一種台語人無比的會心享受。

七、「台語文學」在我們台灣，算是制式教育及主流文壇制約、排擠、蔑視下的純自覺、自發性本土文化智慧產物(你要視爲是一種抵抗體制的反彈，那也有十足的道理)。好在我們已有不少前行代台語文作家屈身帶頭起行了，而且已經有相當可觀的作品成績，只是我們尚未發覺，或根本不想進入罷了，這是極爲可惜的事。

八、身爲一位長年在華文字堆打滾的台灣編輯匠，如今能「讀得到」我們阿公、阿嬤、老爸、老母教給我們的家庭、社會話語，能「聽得到」用我們台灣母土語言寫出來的書面文字，實感身心暢快，腦門清明，親近、貼切又實在。也寄語台灣人，台語復興、台文開創運動的時代已經來了，你就是先知先覺的那一位。

其實台語、台文並不困難，開始說、讀、寫就是了。阿門，阿彌陀佛。

pha-hng ê kòo-sū

《抛荒的故事》

第一輯：田庄傳奇紀事

原著／Asia Jilimpo (陳明仁)
漢字改寫／黃之綠　廖秀齡
中文註解／廖秀齡　陳明仁
特約插畫／陳飛塵

(台羅漢字版)

作 者 畫 像 素 描

「Pha 荒 ê 故事」ê 故事

陳明仁

熟 sāi 台語文界 ê 讀者早就知影，《台文BONG 報》 tak 期 lóng 會刊 1 篇散文小說「Pha 荒 ê 故事」，作者是《BONG 報》ê 總編輯陳明仁。Ùi 幾個所在 thang 知影，第一，文字風格，《台文 BONG 報》tak 期 lóng 有小說，作者 Babuja A. Sidaia，ùi 《A-chhûn》這本小說集出版，thang 知影是陳明仁 ê 筆名，「Pha 荒 ê 故事」用詞 kap 語法 lóng kap Babuja 差不多。第二，筆名 Asia Jilimpo，縮寫 A. J.，kap A 仁 kāng 款，koh 眞 chē 人知影 A 仁是出世 tī 彰化 ê 二林，古稱二林堡。Asia 會 sái 講是『亞細亞』，m̄-koh 作者眞正是 1 個生活上 ê a 舍，厝內事 lóng m̄-bat，kan-ta^n 趣味 tī 文學生活 niâ，眞正是 1 個來自二林 ê『活寶』。第三，tòa 台灣 ê 朋友有機會 tī ta̍k 個禮拜 chái 起時 9 點到 10 點收聽中廣電台播出，節目 ê 名稱是「走 chhōe 台灣」，由雅玲小姐 kap A 仁主持，1 禮拜 A 仁唸 1 篇「Pha 荒 ê 故事」，雅玲負責配故事 ê 背景音樂， koh kap 作者討論作品內涵 kap 價值觀。

我寫這個系列 ê 故事，原本 m̄是講jōa有計劃--ê，hit chūn 為著作者 ê 願，有開 1 間巢窟(Châu-khut)咖啡店，意思是 beh hō͘ 1 kóa tī 台灣這款社會思想 ná 像亂賊、土匪這款人，會 tàng 來行踏 ê 所在；作者 han-bān 經營，這 chūn 都也倒店--a。Hit 時我 1 工有超過 10 點鐘 ê 時間 lóng tī 巢窟，我 ê 工作電腦就 khǹg tī hia，若有熟 sāi 客來，我就 hioh-khùn，kap 人 lim 咖啡、開講、撞球，心情平靜就寫作，想講 beh 為台語文 ê 散文小說寫出另外 1 種風格，頭 1 篇〈大崙 ê a 太 kap 砂鼊〉就是用「巢窟散文」ê 總名 tī 《台文 BONG 報》發表。寫到第 5 篇〈沿路 chhiau-chhōe gín-á 時〉，本底 kap 我 tī 中廣做「走 chhōe 台灣」

ê 雅玲建議 tī 電台唸讀，hō͘ 聽眾有機會 ùi 聲音去感受台語文學。就 án-ni 開始，我 1 禮拜寫 1 篇，ta̍k 篇 lóng 控制 tī 差不多字數，起造 1 種講故事兼有散文詩氣味 ê 文體，講是小說，koh 對白講話 khah 少，是爲聲音文學所經營 ê 文學。

講著「Pha 荒 ê 故事」ê 寫作意涵，我是傳統作 sit gín-á，田園 m̄ 作，放 leh 發草，就叫做 「pha 荒」。有 1 tè 歌「思念故鄉」，內底有 1 句歌詞是我眞 kah-ì--ê：

為何愛情來拋荒(pha-hng)？

田園無好禮 á 種作、管理，就會 hō͘ pha 荒--去，愛情比田園 koh-khah 敏感，若無斟酌 kā 經營管理，當然 koh-khah 會 hō͘ pha 荒--去。Che 是 kā 具體 ê 用詞意念化，台語文本底講--ê，lóng 是具體、寫實--ê，若 beh 提升做文學語，需要 1 kóa ùi 具體物提煉--來 ê 書面語詞，我就是用這款意念，beh 開發另外 1 種母語文學 ê 寫作風格--ê。Tī 《A-chhûn》 這本小說、戲劇集，有收 1 篇舞臺劇〈老歲 á 人〉，笑詼笑詼，講實--ê，我是 leh 寫 1 種 pha 荒 ê 價值觀，台灣古典 ê 農業社會有發展 i ka-tī ê 價值，m̄-koh tī 現代社會，生活條件 kap 環境齊(chiâu)改變，價值觀當然有無 kâng，m̄-koh 農業社會 ê 老歲 á 人，in 爲著語言 ê 制限，無法 tō 接受現代社會 ê 價值觀，致使傳統 ê 台灣人價值觀念，tī 現此時 ê 社會環境 soah 變做笑話，m̄ 知有 jōa chē 人 leh 看〈老歲 á 人〉這齣舞臺劇演出 ê 時，笑 gah 攬肚臍，我 mā 爲著觀眾 kan-taⁿ 笑 niâ，ka-tī leh 流目屎。

價值觀是經過比 phēng--ê， m̄ 是絕對--ê，「Pha 荒 ê 故事」，我 ta̍k 篇 lóng 是用現代做起頭，chiah 講 1 個 50、60 年代台灣農業社會 ê 故事，透過故事，kā 本底台灣人所堅持 ê 價值 the̍h 來做比 phēng， m̄-koh 比 phēng 是讀者讀了 ê khang-khòe，作者無 tī 文學進行中加話。經過比 phēng，lán thang 了解，台灣社會環境kap 生活所 óa 靠 ê 條件提供 lán siáⁿ-mih 價值，造成台灣 siáⁿ-mih 性格， ùi chia， lán thang 理解未來台灣人 tī 傳統的下 kha，lán beh chóa^{n} 建立新 ê 台灣性格，che 是台灣文化 ê 大工事，我 siàu 想 beh 做疊磚 á 角 iah 是 khōng 紅毛塗 ê 地基。

有時 á 我 mā 會跳脫台灣 ê 古早，kap 現代做比 phēng，親像〈離緣〉這篇，hit 時我 ka-tī mā 有婚姻 ê 困境，想著米國作家 mā bat 處理過這款題材，he 是米國人用 in 古典對婚姻 ê 價値觀，hō͘ 讀者做反省--ê，我專工用西方 ê 觀念，來 kap 台灣做 1 個比 phēng，mā hō͘ ka-tī 婚姻問題看會 tàng chhōe 有 kóa 出路--bē。

爲 beh 兼顧散文效果，我講故事 ê 時，有專工寫境、寫情，用口語式 ê 書面語製造 1 種文學情境，kap 中文 ê 文學語無 siá^{n} kāng 款 ê 表達方式，口語 mā 會 tàng 有 súi ê 文學境界，台語文現代 iáu 無眞 chē 書面語 thang 利用，lán 這時需要用口語做地基，chiah 有未來 lán ka-tī 母語 ê 書面語文學。

（〔編按〕以上羅馬字為「教會白話字」音標系統）

本底創作者無應該講家己 ê 作品，tse 是文學評論家 ê 功課(khang-khuè)，ka-tsài有廖瑞銘教授替我推荐導讀，施俊州博士學術 ê 分析評論，hōo 作品添加榮光 kap 心適性。

前衛出版社林文欽社長，自我立志創辦台語文運動，就長期支持、關愛，這 pái koh 無惜成本，將我 ê 作品做精緻 ê 製作出版，眞驚伊了 siunn tsē 錢。黃雅玲小姐用專業功夫，費心力配製音樂、效果，完全是對朋友 ê 相 thīn。黃之綠改寫做台羅漢字版 mā 眞用心，廖秀齡加註解，khai 眞 tsē 時間，張敏靜 ê 藝術插畫，hōo 冊 khah 有氣味，koh tio̍h-āi 感謝助理 AK31 替我處理眞 tsē 代誌。

台文界 ê 同志 kap 疼惜--我 ê 前輩朋友，出錢贊助 koh 替我宣傳，眞歡喜會 tàng kā in ê 名 tī 冊--nih 刊播徵信。tse 是台語文界 ê 榮光，這本文學兼台語文教材 kiám-tshái 有 kuá 作用，是 lán 歡喜 ê 代誌。

多謝讀這本冊 ê 有志，求上帝保守--lín。✍

(〔編按〕以上羅馬字採教育部「臺灣閩南語羅馬字」音標)

《拋荒的故事》導讀

廖瑞銘

中山醫學大學台灣語文學系教授

兼通識教育中心主任

拋棄的阮故鄉　總是也無惜

流浪來再流浪　風雨吹滿身

啼哭也不回來　青春彼當時

目屎若會流落　叫阮要怎樣

——愁人(文夏)〈流浪之歌〉第二拍

一、陳明仁——流浪的詩人，台語文界的武士

自1980年代中期以來的台語文(母語復振)運動中，不認識阿仁的很少，連國外來台灣的記者、觀察家或研究台灣問題的專家學者，內行人都會指名找他訪問、聊兩句，甚至跟他學台

語。雖然如此，在台灣主流的文學圈，阿仁還是屬於邊緣分子，就連他自己家鄉彰化的文學史也排不上榜，編選的文學讀本也看不到他的詩文作品。因此，我們還是有需要來簡單介紹他的一些背景。

阿仁，本名陳明仁，使用過的筆名有 a 仁 (a-jîn)、Babuza A. Sidaia、Asia Jilimpo 等等，1954年出生在彰化縣二林鎮的竹圍庄，父親是普通的台灣農夫，阿仁稱他是一個種作土地的藝術者。國小畢業前，阿仁沒離開過二林家鄉。國校畢業以後，阿仁就離開故鄉到外地求學流浪，初中還在中部，讀完初中就放棄省高中的學業到台北，打工賺錢，半工半讀完成學業。學校、公司、工廠、行號、......不斷地換，高中讀過四個學校，從事的行業超過二十種，也因此對社會問題有敏銳的觀察，累積了豐富的社會經驗，對他後來的文學創作有很大的助益。

阿仁隻身從鄉下流浪到台北，「一直希望能找到一個讓他感覺值得花一輩子的時間去投入的工作」。阿仁寫作出道很早，少年時代就立志要做一個有名的文學家，可是稍長，讀到Russia 作家大部分有名的作品都是站在勞苦大眾的立場，控訴統治者的不是，回頭看到台灣人當時的處境，那麼不堪，體認到所有的苦難都來自統治者的惡質，省思到做爲台灣作家的使命，不能只是抒發一己的心思意念而已，而是應該效法Russia作家，爲人民發聲，也深知文學必須是政治問題解決之後才有可能存在。於是，決定中斷文學創作，全心投入台灣的民主運動，希望先透過政治改造，讓人民獲得解放，再回過頭來創作文學，結果從一個文學少年轉變成政治人。

那正是台灣民主運動風起雲湧的年代，有將近十年的時間，在台灣每一場街頭運動，都可以看到阿仁的身影。阿仁隨著反對運動，深入各基層人民的生活中，與他們同甘共苦，將歷史的哀愁當成精神上的安慰，也因此更堅信文學不只是用文字堆疊出一己的憂悶與無緣無故的情緒，而是人民身苦病痛的病歷表。在親自參與政治運動，嚴肅思考過台灣前途的種種問題以後，阿仁發現台灣的精神內涵與台灣人的價值觀有很嚴重的危機，於是逐漸找到自己創作的方向與主題。

阿仁於1985年就開始改用母語寫作，先從形式較短、用字較少的台語詩嘗試寫起，在所主編的黨外雜誌上零散發表。1988年在獄中，從獄友政治犯蔡有全那裏學白話字，1989年回到社會，1990年參加笠詩社，做一個流浪詩人，在《笠詩刊》繼續發表台語詩作。

除了參加文學活動之外，阿仁開始積極投入台語文運動，深入台灣各高中、大學擔任台文社團的指導老師，教台語、介紹台語文學，也擔任社區大學的台語教師，開設台語文基礎班/寫作班/播音班/歌謠班；在當時所謂的地下電台，像寶島新聲、淡水河、華語台等電台製作及主持台語廣播節目。阿仁除了寫台語詩、散文之外，還翻譯日本卡通宮崎駿系列、叮噹貓系列錄影帶爲台語發音；爲台中民主電視台編寫台語答嘴鼓短劇劇本，策畫台語文學有聲叢刊每個月做發行。總之，就是希望透過各種管道、各種形式去推動台語白話文，使台語文能夠走入日常生活的各個層面。

1990年尾，前衛出版社林文欽接辦《台灣文藝》雜誌，聘請阿仁擔任編輯企劃，開闢台語文園地。1992年參加台灣筆會擔任理事，同年又與林宗源、黃勁連等人共同發起以母語寫詩的「蕃薯詩社」，在前衛出版第一本台語詩集《走找流浪的台灣》。1995年出版《流浪記事》、1996年出版《陳明仁台語歌詩》，後面這2本都是書與錄音帶一起出版上市。

1992、1994、1996年，阿仁曾三度到北美洲美加各地巡迴演講，介紹台語文學、吟台語詩，結合當時在海外已經展開的台語文運動。1996年那一次回台灣以後，阿仁在台語文運動方面有一個大躍進，除了與台語文有志合力創辦一份台語文學專業雜誌《台文 Bong 報》，提供台語文作品發表的園地外；由匹茲堡的台灣鄉親林哲陽籌組成立「李江却台語文教基金會」，爲台語文運動提供穩定的經濟來源與固定的行政中心；更浪漫的是，阿仁在台電大樓旁邊的小巷內，開一家以台語歌與講台語爲特殊風格的「巢窟咖啡館」，讓民主運動、社會運動及台語文運動的兄弟朋友，在都市叢林裡有個聚會落腳的場所，《拋荒的故事》就是在「巢窟」裡寫出來的。

《台文 Bong 報》創刊後，阿仁開始在上面發表台語文學作品。1998年先是將在《Bong 報》上發表過的小說作品集結成冊，以筆名 Babuza A. Sidaia 出版了第一本台語小說集《A-chhûn》，2000年再以筆名 Asia Jilimpo 出版《拋荒的故事》。《拋荒的故事》出版後沒多久，台灣改朝換代，政治上有一個大轉變；阿仁個人也遇到人生的大關卡，就索性把「巢窟」收掉，離開台北，開始在台灣各地流浪做運動，他的生命與文學也從此進入另一個階段。

二、在世紀末回顧五、六〇年代的那些人、那些事

在經營「巢窟咖啡店」的時候，阿仁一天差不多有10小時的時間都在店裡，有熟客人來，就跟客人喝咖啡、聊天、撞球，其餘大部分的時間，都在筆記電腦前寫作，「拋荒的故事」系列就是這時候的產物，第一篇〈大崙的阿太和砂蠶〉，就是用「巢窟散文」的名稱在《台文罔報》發表。寫到第5篇〈沿路尋找童年時〉，當時跟阿仁在中廣電台做「尋找台灣」的雅玲建議在節目中唸讀播出，讓聽眾有機會從聲音感受台語文學之美。當時，每週由阿仁在節目中唸讀一篇「拋荒的故事」，雅玲負責爲故事配背景音樂，以及和作者阿仁討論作品內涵和價值觀。就這樣開始很規律地，每個禮拜寫一篇，每天都維持生產差不多字數，每一篇故事的架構和字數也都控制在一定的範圍內，創造一種說故事又兼有散文詩氣味的文體。表面上雖是小說的形式，卻將人物對白的部分降低，盡量突出聽覺的效果，一方面適合廣播，另外一方面也可以強調台語文學的特色。

阿仁寫《拋荒的故事》這個系列，在文體上，是很想爲台語文創造出一種獨特的散文小說風格，有別於中文的文學語的表達方式，他用口語式的書面語製造一種文學情境，專門寫境、寫情，讓口語也可以有美的境界，以此作地基，爲台語文創造更多的書面語可以利用，建立我們自己的書面語文學。

在結構上，則是朝向以短篇連環故事構成長篇小說的形式，去再現台灣即將消失的那些人、那些事，最重要的是那些價值觀。所以，《拋荒的故事》分開看是一篇一篇各自獨立的散文故事，不過，如果把它們合起來看，可以發現當中有一些若有似無的牽連。首先，故事的場景大部分都是作者阿仁的故鄉彰化二林，所描述的景象都是五、六〇年代台灣農村社會熟悉的事物與情節，包括鄉下的人情世故、風俗習慣、農村光景及漸漸消失去的傳統產業，譬如：竹筒厝、乞丐的行頭、訂婚的禮數、尪姨收驚、照相、生活情趣、牛車、腳踏車、vespa...等等；對於傳統行業的細節有非常精細地描述，像「修指甲的」這個行業使用的器具、修指甲的過程，不但是一種歷史的記錄，描述本身就具有文學的趣味。小說中出現的人物大部分是台灣社會底層的人物，有乞丐、農夫農婦、漁夫、街市各行業的小百姓……等等，這些人物在他們的日常生活中一定都是講台語，用台語稱呼每一項事物，描述情景，及表達感情。將這些元素集合起來，正好就是五、六〇年代台灣農村社會的原始面貌，台灣人的生存圖像，那個時代、社會的縮影。這樣的圖像不但提供今日讀者懷舊的情趣，也提供我們重新思考臺灣人尊嚴與價值觀的歷史素材。所以，把寄託那個時代的語言與文化的《拋荒的故事》，看成是另類形式的台灣歷史大河小說，也不爲過。

三、用拋荒的故事再現台灣「殖民前的在地文化價值觀」

台灣歷史最大的特徵是——她是一個被多

重殖民的移墾社會。

一個被殖民的民族，最大的悲哀是——沒有自信，每件事情都習慣用殖民者的價值觀做標準，自己不敢做選擇、下判斷。好不容易，殖民體制結束了，甚至殖民者離開殖民地了，那些被殖民的悲哀卻不會跟著殖民者離開，而是繼續殘存在人民心中及社會的每一個角落，甚至成爲殖民遺孽反撲、復辟的因子。因此，原本被殖民的民族，在後殖民時代首要的文化工程就是——找回我族的價值觀與做主人的自信。

前面說過，阿仁很年輕的時候就體認到台灣人被國民黨這個外來政權長期蹧蹋的悲哀，又認爲生命是無奈、苦澀的，心靈與肉體的苦澀只有透過文學才能解放，因此，他做文學家的初衷，就是立志要讓台灣人從被統治者的苦難中獲得解放。他決志投入台語文運動，表面上是要復振台灣人的母語，實際上，最終的目標是希望透過文學活動，鼓舞台灣人，將我們自己的價值觀找回來，建立台灣文化的主體性，台灣人才有可能獲得眞正的解放。我們可以把《拋荒的故事》系列看成是阿仁這種文學觀的具體實踐，希望以文學承載母語，用故事再現台灣「殖民前的在地文化價值觀」。

台灣農村社會曾經發展出自己的價值，但是當社會結構、經濟環境、生活條件都改變後，價值觀(像婚姻觀、土地觀、金錢觀、道德觀、宗教觀……)自然跟著改變，甚至消失了，農業社會的老人們，因爲語言的限制，無法接受現代社會的價值觀，以致他們的價值觀在現今社會環境中，常常變成笑話。在寫《拋荒的故事》系列作品之前，阿仁就曾經寫過一齣舞台劇〈老歲仔人〉，呈現這種荒謬的現象，例如：坐車要坐慢車，省錢又可以坐很久，當成觀光旅遊；同樣是拔牙，付同樣的價錢，要拔久一點比較合算。這種現代都市人認爲不可思議的價值觀，其實就是阿仁要說的「拋荒」的價值觀。

價值觀是相對的、經過比較的，不是絕對的，在那個荒蕪的時代，物資欠缺、生活困難，很多情況是我們今天很難想像得到的，也因此讓很多遙遠的價值觀在今天會產生距離的美感。阿仁很能掌握這種因爲時空變換所產生的戲劇張力，所寫的每一篇「拋荒的故事」都是從現代話題開其端，才導入一個50、60年代台灣農業社會的故事，透過不同時代的故事，讓我們感受到時代社會的變遷，比較不同時代的台灣人所堅持的價值觀有什麼差異？思考臺灣人的心靈與精神面貌有什麼改變？進一步思考當時代改變後，有什麼價值是值得我們保留的？還有什麼價值觀是需要改革的？而寄託這些價值觀的人物是講台語的，自然必須要用台語才能記錄下那些故事。

過去，我們凡事都會捧出中國讀書人那套儒家傳統的生活準則與態度，老一輩的人連講一句母語，都會覺得粗俗、羞恥，從來都不曾認眞去尊重他們的想法與做法，更不可能會去思考他們的生活價值觀。《拋荒的故事》系列創作，重現了那個已經消失的年代、那個被改變了的社會文化價值觀，更重要的是，同時也保存了幾乎要消失的那個年代的母語。阿仁想要達到兩項效果：一、重新找回台灣人的舊價值，擺脫腐朽的中國封建文化；二、重溫台灣人母語的趣味與智慧，發現生動的母語敘事模式。所以，《拋荒的故事》在那些浪漫懷舊、荒謬有趣的故事中，阿仁其實是暗藏了後殖民台灣文化改造工程的企圖。

《拋荒的故事》中的「拋荒」，華語翻成「荒蕪」會比較貼切，仔細思量，它可以有很多重的意義：一方面代表「貧乏」，那是一個物資缺乏、生活艱苦的時代，一方面表示「遺忘」，抗議那個時代已經漸漸被台灣人給遺忘了，很多百姓的生活從未被書寫出來而拋荒。農民把有田不耕作，放任雜草叢生叫做「拋荒」，台語歌「思念故鄉」裡面有一句歌詞說「爲何愛情會拋荒」，把田園耕作拿來比喻愛情的經營，就像土地田園久不耕作，就會荒蕪；愛情如果疏於經營，也會疏離。

阿仁是天生的詩人，很喜歡把具體的用詞意念化的文字技巧，「拋荒」的意涵，就被阿仁從農村土地耕作的意象發展出來，引用到台語文學寫作來。台語文本來講的都是具體、寫實的，如果要提升作文學用語，必須從具體用語提煉出一些書面語詞，於是就用這種概念開發另外一種母語文學的寫作風格。用文學的角度來看，《拋荒的故事》所敘述的是鄉下耕作方式的拋荒、台灣過往善良民風的拋荒、工業化帶來的污染土地無法復育的拋荒，以及母語消失的拋荒，總體來看，它是描繪出一幅回不去的農村社會風貌、心靈底層的記憶與永遠的故鄉。

總之，阿仁在中年之後，回想故鄉、兒時點滴，希望從寫作中找回那些被揚棄的本地傳統價值，提供現代社會思考，企圖從記憶瑣事中，進行更深的文化內涵的挖掘與詮釋，建構被殖民統治者扭曲的價值觀。

四、懷念平埔族的母系社會，翻轉漢人社會的父權價值觀

《拋荒的故事》這次重新出版，經過分類，每一輯呈現不同的主題。

第一輯「田庄傳奇紀事」，收錄了〈地理囡仔先〉、〈新婦仔變尪姨〉、〈改運的故事〉、〈大崙的阿太佮砂鼊〉、〈指甲花〉、〈牽尪姨〉等6篇，記錄了50、60年代台灣庄腳社會情景。這6篇都屬於「鄉野傳奇」，有民俗、宗教、傳奇的趣味，主要的話題放在台灣平埔族的母系社會的傳奇故事與價值觀。

阿仁生長的背景是一個閉塞偏僻的農村，一個已經在現代社會消失的農村平埔族社會，這個社會的價值觀與漢人社會是格格不入的。兒時的平埔族農村經歷是他寫作最大的養分，這些經歷不僅提供他故事題材，更挑戰他的思維，挑戰漢人社會的價值觀，例如：「揖仔伯」訂婚之後才得知未婚妻懷有他人的小孩，居然不以爲忤，還樂得賺到一個兒子，這種反漢人的貞操觀念，阿仁稱之爲「古典的價值觀」，是他很迫切想要去探究的一種「殖民前的在地文化價值觀」。因此，阿仁選擇書寫

五、六〇年代的台灣農村社會，不僅因爲它很有趣，更大的原因應該是他想要爲一個消逝的族群立下墓誌銘，也爲這個傳統價値觀消失的社會提出警訊。

阿仁用「尪姨」這個職業串聯4個故事：〈新婦仔變尪姨〉、〈大崙的阿太佮砂鼈〉、〈指甲花〉、〈牽尪姨〉。

根據林媽利教授的研究，台灣人有超過85%的人有平埔族的血液基因，台灣原來就是一個道地的平埔族母系社會，早期的民間信仰也大部分屬平埔族的信仰，〈大崙的阿太佮砂鼈〉裡面的主角回想他「做 gín-á 的時代，góan 庄--nih 無廟，連土地公廟仔都才 1 間 á-kiá^{n} niâ，庄內無人 leh 做童乩，顚倒是平埔留--落-來的尪姨，人 khah 知影」，那篇故事主角的阿太，就是平埔族的尪姨。

〈新婦仔變尪姨〉是講一個叫「缺(khoeh)--á」的人變成尪姨的故事。

「新婦仔」是去領養別人家的女兒，等到適婚年齡再和自己的兒子結婚。傳統上「飼查某囝別人的，飼新婦仔做大家」的觀念中，總認爲女孩子辛苦養大也是別人家的媳婦，不如自己抱個新婦仔回來養比較實在。大部分的新婦仔都是因爲窮人家無力撫養，爲了女兒能得到更好的生活、減輕家庭重擔的心理，父母必須割捨兒女親情。〈新婦仔變尪姨〉提到：「古早 tih 拋荒的時代，物資欠缺，生活困難，飼1個 gín-á 大 hàn，ài khai 眞 chē，chā-pō gín-á 大 hàn，會 tàng 留 tih 厝--nih tàu 趁，飼 kiáⁿ 所 khai ê 費用算投資，chā-bó kiáⁿ 大 hàn，ài 嫁去別人 tau，若無換 1 kóa 聘金 tńg--來，就加了番藷 á 米--ê。有 kóa 人根本無 châi-tiāu kā chā-bó kiáⁿ 飼 gah 大，就先 kā 送人做「新婦 á」，hō 未來 ê ta-ke koaⁿ 先飼。1做人 ê 新婦 á，講 khah 白--leh，就是換 3 頓飽的 chā-bó 長工。」新婦仔被領養後，若夫家運勢順利，通常會認爲是新婦仔帶來好運而倍受關愛；若是相反，則會受到「新婦 á 精」、「新婦 á 體」、「新婦 á 栽」等惡毒的責備，新婦仔的日子就會變得非常辛苦、不好過。

但是阿仁在〈新婦仔變尪姨〉中，塑造一個變作尪姨的「新婦 á 」，缺仔八歲時被送去作「媳婦á」，缺仔從小常常會一個人自言自語，好像在跟別人講話，問她是跟誰講話，她有時候回答是在跟祖先講話。村裡的人說她有陰陽眼，是個通靈人，又兼有預言的本事，後來無論是田園買賣，男女嫁娶，大家都會來拜託缺仔先將祖先叫出來問一下。一直到缺仔20歲，主人要將她完婚之前，缺仔變成「落跑新娘」逃走了。後來缺仔向養父母道歉，說她無論如何都不能跟那個小她5歲的弟弟結婚，而且她事先有感應，這個婚姻會給家裡帶來不幸，因此她才會逃走。後來家裡的人都原諒她，她就變成一位農村會通靈兼收驚的尪姨。

在傳統觀念上，「新婦仔」原是一種苦命的代表，阿仁卻以「新婦仔變尪姨」這種不一樣的「新婦仔」發展，來突破這種刻板的觀念，表示傳統台灣人也有疼惜「新婦仔」的好人家。

〈牽尪姨〉爲〈新婦仔變尪姨〉故事的延

續，描述「缺(khoeh)--á」當了尪姨之後，把通靈的工作傳給「A-chiáng」，而「A-chiáng」是〈指甲花〉的主角。另一方面，〈牽尪姨〉也可以說是〈指甲花〉故事的續集，描述「勇--á」娶了「A-chiáng」之後，「A-chiáng」因爲懷念那個跟她無緣的、在結婚前因車禍死去的農會職員，去找「缺(khoeh)--á」牽亡魂，後來自己卻反而變成了「尪姨」。

〈指甲花〉是描述一個「鄉村美容師」的故事。故事的主角A-chiang是在農村裡幫人修指甲、擦指甲油的專業美容師，跟一般農婦比較起來，應該有更好的歸宿，無奈「紅顏薄命」，眼看就要嫁給一個不錯的對象——騎 vespa 機車的農會職員，男方卻在結婚前因車禍過世，好姻緣破碎。三年後，回頭嫁給原來自己並沒有考慮的一個農夫阿勇。

〈牽尪姨〉中的主角 A-chiang，雖然嫁給一個不是最理想的對象，但是她並沒有妥協，而是用巧妙的手段，維持了女性的主導權，選擇接續缺仔「尪姨」的職缺。雖然到了故事中的年代，母系社會的女權已經式微，但是，阿仁仍然借機會突現平埔族母系社會的價值觀。

〈大崙的阿太佮砂鼈〉是用主角的阿太托夢抾骨的方式，傳達往生者冤親債主的意願，表達台灣人惜福的環保觀念。透過民間傳說、神話傳奇，增加故事的神祕性與趣味性，順便介紹早期台灣農村社會「尪姨」這種服務業。

阿仁在故事中借機拿傳統與現代做比較，提出自己對尪姨的看法。站在現代醫學的觀點，收驚可以算是一種精神安慰療法，把它歸屬醫師公會，也不無道理。把「通靈人」比喻作後現代資訊業的觀點，認爲是現代科技都無法達到的前衛行業，帶來幽默的效果，也帶來一種「肯定傳統方法」的價值判斷。現代科技雖然進步，「通靈」與「收驚」兩種行業仍然可以並行存在，表示傳統民俗方法還是有它的社會功能在。

此外，這篇故事還有個很嚴肅的主題，即：平埔族與漢人、基督教與傳統民間信仰兩種文化的差異以及共存的經驗。小說是用魔幻寫實的手法來書寫，製造一種「你無法肯定他是假，也不能證明他是眞」的效果。探究平埔族尪姨透過玄孫找到阿太深埋百年的怨懟，也在基督教和本地信仰中找到平衡點，誠懇透露身爲平埔族後裔的惶恐與驕傲。另外，這篇作品對故鄉景物的描寫，投入深情，是一篇足爲經典的自然書寫。

五、改運與風水的命運觀

在這6篇鄉野傳奇中，除了4篇在講「尪姨」外，其他2篇〈地理囡仔先〉、〈改運的故事〉就是在討論另一個主題——「命運觀」。

在傳統民間的價値觀裡面，命運是上天意志的安排，台灣俗語說：「運命天註定」，人一生下來，每一個人都有他不同的命格，一切生死、禍福、苦樂、貧賤、富貴，上天都已經決定安排好了。「命」是一種人力無法度對抗的定數，人受到一種神秘力量的牽引，無可奈何，只有自覺生命渺小，生存機會受到限制。

「運」則是指一種動態的時間之流、機緣或是機會：

> 運 kap 命無 kâng 款，運是1時，命是根本，1世人 ê 經歷。命運是講1時 ê 氣運，運命是1世人 ê 命底生成。命若 bái，講眞 oh 解，運若 bái，暫時會 sái khah 忍耐，m̄-koh mā 有 khah 無耐性 --ê，kui-khì 就想辦法改運。
>
> （〈改運 ê 故事〉）

這種「運」的價值觀，加上天理報應的因果信仰，相信人可以借由修善修福，累積陰德，在天的庇蔭下，利人又利己，改造自身的命運，或是得到更多的機運與好運。命相學等等神秘理論的流行，培養出一種民間生命宗教觀，影響到民眾的生活價值認知。比如〈改運的故事〉中，自從阿川的爸爸發生車禍後，他的母親開始相信命運，就想出各種辦法要改運，無論什麼神明、看面相、安太歲都去作。阿川被懷疑偷錢以後，他媽媽還是相信自己的兒子，只是不甘願命運這麼差，又去請法師來改運，這個法師說需要用改運的人的衣服，蓋在他的法器上，再將金子放在底下，七七四十九天以後，就可以改運。他媽媽照作，想要改阿川的運，結果那個法師沒有再出現過，金子就被他給偷天換日掉了。

命運是面對變化的人生，一種很奇妙的解答方式。當台灣人在理性世界找不到答案；或是對不合理的事件，無法做出合理的解釋時，就都把它歸到「命」。例如：〈指甲花〉的主角A-chiáng在下聘一個月後，那個新郎卻騎機車跟一台貨車相撞，還不到醫院就斷氣了。A-chiáng自己在屋裡哭了好幾天。那個男的要出殯的時候，她穿那一套原本做新娘才要穿的衣服，擦紅指甲花，跟無緣的公公要求要用「未亡人」的身份送上山頭，公婆都不肯。後來聽說是對方牽拖A-chiáng的命太硬，剋到他兒子，才會連兒子死後都不讓她入門，可見台灣人碰到不好的事情時很容易相信命運。

比起〈改運的故事〉中講的人本身的生辰

八字決定生死禍福，〈地理囡仔先〉講外在自然空間與個人禍福的關連，則更爲玄虛。

陽宅風水稱作「地理」，陰宅風水則稱作「風水」。「地理」是人居住的環境、生存空間、自然生態環境與陽宅風水的宗教觀。這種宗教觀結合神秘理論的信仰觀，認爲「地理」會影響人存在的情境與事象。這種「地理」觀，其實是功利心態作祟，想藉著改造「地理」，祈求富貴或是生活順遂。

「地理風水」原本是一種具有理性思維的平衡概念，只是冠上神秘色彩後，加上民眾「寧可信其有，不可信其無」的心理，就會形成一種盲目的追求與崇拜。阿仁在〈地理囡仔先〉故事中對這種神秘理論是有提出懷疑的：「若福氣的人就有福運，無福的人占好位 mā 無效，án-ni看風水、地理有 siá^{n} 意義？」

借「風水」祈求祖先庇蔭，原本是人之常情，但是過度相信「風水」會給人富貴或子孫興旺，則是一種瘋狂的行爲。「穿山龍，萬世窮」就是在譴責風水師如果爲了賺錢，要人時常遷葬墓地，是一種敗德的職業，會遭天譴並會禍延子孫，永遠不得翻身。但〈地理囡仔先〉裡面，風水師自己解釋是因爲「洩漏天機」才受天譴。

〈地理囡仔先〉的主角阿龍是一個風水地理師傅的小孩，因此在日常行爲與談話中間都用風水地理師的眼光來看事物，有趣的是，風水原是屬迷信的事物，阿龍卻有一顆理性思考的頭腦。阿仁想借這個故事諷刺風水的「迷信」，因爲阿龍的父親教他，如果遇到難回答的問題，就回答：「天機不可洩漏！」有一次，又講到寶斗剪刀穴的故事，當里長問到，如果寶斗的風水那麼好，怎麼會比田中更沒有發展？阿龍的爸爸說：「雖 bóng 寶斗比人 khah 無鬧熱，m̄-koh mā 爲著無鐵支路的交通利便，khah 無大工廠來 thún，保持 khah 好的環境，寶斗人生活了 khah 清氣、sù-sī，m̄ 是講鬧熱、發達就上好--ê。」居然是從生態環境的角度來思考，清新的環境確實比工商繁榮更重要，一方面是顯示風水師傅的見風轉舵，另方面阿仁也要借機說明，風水地理如果能夠從理性科學的角度分析，一定可以找到理性與迷信的平衡點。

六、用母語喚回拋荒的價值，再見台灣文學的青春

文夏〈流浪之歌〉的第二拍歌詞說「啼哭也不回來/青春彼當時/目屎若會流落/叫阮要怎樣」。對我與阿仁這一個年代的人來說，台灣50、60年代的光景如同哭不回來的青春，讀《拋荒的故事》所描述的每一個情節畫面，就如同在呼喚我們的青春。阿仁還趕得上見證那個殘留台灣平埔族母系社會價值觀的農村景象，而且用幾近於留聲機眞實的母語爲我們記錄下來，把她放在台灣文學史上來看，更是珍貴，因爲世紀之交這些年裡，當主流文壇只剩都會型的漢語文學時，我們慶幸《拋荒的故事》還看得到、聽得到「台灣」。

《拋荒的故事》展現了台語文學的特色，

不僅眞實記錄了台灣人的生活面貌、文化價值，也保存了台灣人的母語心聲，請愛台灣的人們不要再說我們台語文學者是不倫不類，不要再說台語文學「只有語言，沒有文學」。

相隔12年，看到《拋荒的故事》以這麼盛大的面貌重新出版，內心不由得有些波動，浮出一連串的省思：台語文運動進步到什麼階段？台灣文學發展到什麼情形？台灣歷史走到什麼地步？《拋荒的故事》這本書放在這樣的脈絡裡又是居於什麼位置？

《拋荒的故事》的重新出版，至少見證了堅持用台語創作文學這件事情是對的。我們沒有傻傻地等那些語言文字學家研究確定一套文字，就大膽地進行文學創作也是對的。

《拋荒的故事》這次重新以紙本與 CD 有聲書的方式出版，是要讓台灣人的文學能夠以立體、多元的形式傳播出去。所以，讀者可以用任何的方式來親近台語文學。在此，誠懇建議大家將《拋荒的故事》當做文學讀物、台灣文化知識、散文範本、廣播節目、台語口語教材……，不管哪一種用途，都可以喚回那已經拋荒的價值，再見台灣文學傳統的青春。

地理[1]囡仔先[2]

前二工[3]肉粽節[4]，路邊攏[5]會鼻著[6]粽的芳味，都市人縛[7]粽用焦蔫[8]的粽葉，為欲佮[9]青的粽葉無仝，刁工[10]借用箬仔[11]的色水[12]。講

1 地理：tē-lí, 看陽宅、地勢運氣之學。
2 囡仔先：gín-á sian, 小孩子就當師傅，社會稱為「囡仔先」。「先」，俗誤為「仙」。
3 前二工：tsîng nn̄g kang, 二天前。
4 肉粽節：bah-tsàng tseh, 端午節的民間說法，又稱「五日節」。
5 攏：lóng, 都。
6 鼻著：phīnn tio̍h, 聞到。
7 縛：pa̍k, 綁。
8 焦蔫：ta-lian, 枯謝。
9 欲佮：beh kap, 要和。
10 刁工：thiau-kang, 故意的。
11 箬仔：ha̍h-á, 竹莖外、筍外或是植物莖稈外的殼。「箬」是包在竹子外的，「葉」是枝上發的，不同。

粽箬[13]，我猶是較合意庄跤時代，爲欲縛粽，大人攏會喊[14]阮囡仔[15]去竹仔林挽[16]較大 phuè[17]的粽葉轉來[18]縛粽。青粽葉的粽，煠[19]欲熟所熗[20]--出-來的氣味，毋是凊彩[21]街市路邊攏有地鼻--的[22]。我大漢[23]信基督了後，對有的民間節氣較無去注意，毋過[24]阮 i--á[25]縛的粽，無論我信啥物[26]教，攏袂當[27]放袂記[28]。阮 i--á 節前

---

[12] 色水：sik-tsuí, 顏色種類。
[13] 粽箬：tsàng-hah, 粽葉。
[14] 喊：hiàm, 使喚人。
[15] 囡仔：gín-á, 孩童。
[16] 挽：bán, 摘取。
[17] 較大 phuè：比較大片的。
[18] 轉來：tńg lâi, 回來。
[19] 煠：sah, 把食物放入滾水中煮。
[20] 熗：tshìng, 冲。
[21] 凊彩：tshìn-tshái, 不講究。
[22] 有地鼻--的：可以聞到的。
[23] 大漢：tuā-hàn, 成爲大人。
[24] 毋過：m̄-kò, 不過。
[25] a-i、i--á：平埔族稱呼母親。
[26] 啥物：siánn-mih, 什麼。
[27] 袂當：bē-tàng, 不可以。

二工就敲[29]電話，講過節欲捾[30]粽來台北，叫我免去市仔買人做便--的[31]，閣講有一个我國校仔的同學有去厝--裡欲揣[32]--我，講是姓林，名伊袂記--得-矣。我本底[33]想欲問 a-i，彼个人生做啥款[34]，按呢嘛加[35]問--的，自國校到今[36]，面容生張[37]定著[38]變眞濟。尾--仔[39]，a-i 講伊想--著-矣，彼个人有講：

「共恁[40]後生[41]講彼个地理囡仔先，按呢[42]

---

28 袂記：bē-kì, 忘記。

29 敲：khà, 打。

30 捾：kuānn, 提、拿。用手勾抓住物品的把手或是用手下垂提取東西。

31 買做便--的：bē tsò piān--ê, 買現成的。

32 揣：tshuē, 尋找。

33 本底：pún-té, 本來。

34 啥款：siánn-khuán, 怎麼樣。

35 加：ke, 多。

36 今：tann, 現在，今天。

37 生張：sinn-tiunn, 長相。

38 定著：tiānn-tio̍h, 肯定。

39 尾--仔：bué--á, 後面。

40 恁：lín, 你們。

41 後生：hāu-sinn, 兒子。

伊就知--矣！」

囡仔時代，我一直分袂清看風水[43]佮看地理有啥無仝，大人共我解說講：「看陽宅--的，是地理，看陰宅--的，是風水。」我猶是毋知啥物「陽宅、陰宅」，干焦[44]知影[45]通常會曉[46]看地理--的，攏 uan-na[47]會曉看風水，到國民學校一年的時，我熟似[48]阿龍，才有進一步的了解。

阿龍佮我仝班，頭起先[49]我佮伊無啥熟似，有一擺放學的時，經過教導 in[50]門喙[51]，

---

42 按呢：án-ne, 這樣子。
43 風水：hong-suí, 山勢地理情況，通常指墓地方位。
44 干焦：kan-tann, 只有、只是，僅徒。
45 知影：tsai-iánn, 知道。
46 會曉：ē-hiáu, 知道、懂得。
47 uan-na：猶原，宛若。
48 熟似：sik-sāi, 熟識。
49 頭起先：thâu khí-sing, 剛開始。
50 in：他們。
51 門喙：mn̂g-tshuì, 門口。

算

伊雄雄[52] uì[53] 一欉檨仔[54]頂跳--落-來，向[55]我笑--一-下，招[56]我鬥[57]抾[58]檨仔。教導 in 兜[59]種幾欉果子樹，老師定定[60]交代阮袂使[61]去偷挽，阿龍哪會遐[62]好膽？我問--伊，伊干焦笑笑講：

「我毋驚，我有撇步[63]！」

上課的時，我佇[64]班--裡漢草[65]無算蓋[66]

---

52 雄雄：hiông-hiông, 突然間。
53 uì：從。
54 檨仔：suāinn-á, 芒果。
55 向：ǹg, 向著。
56 招：tsio, 邀約。
57 鬥：tàu, 幫忙。
58 抾：khioh, 撿。
59 兜：tau, 家。
60 定定：tiānn-tiānn, 常常。
61 袂使：bē-sái, 不可以。
62 遐：hiah, 那麼。
63 撇步：phiat-pōo, 好方法、捷徑。做事情漂亮的手段、高明的方法。
64 佇：tī, 在。
65 漢草：hàn-tsháu, 體格。
66 蓋：kài, 太。

懸[67]，坐第三排，伊坐上[68]後壁[69]排，我看伊的桌仔排無直，欲共伊撨[70]予齊，伊講袂使，若無排按呢，會破壞地理，伊做代誌會袂順。In 老爸就是做地理先--的，兼看風水，有咧教伊看地理。阿龍叫我嘛共[71]書桌仔撨較倚[72]倒爿[73]--咧，講按呢，我冊會較 gâu 讀[74]。伊是我一年仔的時，佇學校上捷做夥[75]的人。

有一擺老師咧教阮講有十隻鳥仔歇[76]佇樹仔頂，有人用銃[77]彈死一隻，按呢偆[78]幾隻？

---

67 懸：kuân, 高。
68 上：siōng, 最。
69 後壁：āu-piah, 後面。
70 撨：tshiâu, 調度，安排配置。
71 共：kā, 把。
72 倚：uá, 靠近。
73 倒爿：tò-pîng, 左邊。
74 較 gâu 讀：khah gâu tha̍k, 書讀得比較好。
75 上捷做夥：siōng tsiap tsò-hué, 最常相爲伴。
76 歇：hioh, 停下休息。
77 銃：tshìng, 中文稱「鎗」。
78 偆：tshun, 剩下。

逐个[79]攏講偆的鳥仔著青驚[80]，飛甲無半隻，干焦我講「偆塗跤一隻」。阿龍煞共老師講「應該是偆九隻才著」，這是算術[81]的問題，無應該共鳥仔聽著銃聲了後的反應考慮在內，若有一寡戇面[82]鳥仔，毋驚銃--的，欲按怎，閣講凡勢[83]嘛有彼臭耳聾[84]鳥，聽無銃聲，毋知通[85]驚。老師講伊想傷濟[86]，就下課--矣。我感覺阿龍講--的嘛有淡薄仔[87]理，應該伊講--的較單純，是老師家己[88]想傷濟，簡單的算術 niâ，舞甲[89]遐複雜！

---

79 逐个：ta̍k-ê, 每個人。
80 著青驚：tio̍h tshinn-kiann, 受驚嚇。
81 算術：suàn-su̍t。
82 戇面：gōng-bīn, 不知驚嚇或危險。
83 凡勢：huān-sè, 也許。
84 臭耳聾：tshàu-hīnn-lâng, 耳聾。
85 通：thang, 可以。
86 傷濟：siunn-tsē, 太多。
87 淡薄仔：tām-po̍h-á, 稍微。
88 家己：ka-kī, 自己。
89 舞甲：bú kah, 搞得。

彼時[90]，一个穿插[91]眞有範[92]的，tshuā[93]另外一个人行入[94]教室，阿龍講彼个是 in 老爸。等伊向前去叫「阿爸」，我才知是後壁彼个，穿西裝彼个是阮校長。校長共老師講：

「林山龍同學因爲厝--裡有要緊的代誌，家長來tshuā--轉去。」

翻轉工[95]，我透早佇校門喙[96]就看著阿龍，伊是專工[97]等--我-的，提一个紅龜粿予[98]我食[99]，講是昨昏[100]佮 in 阿爸出去看風水，人送--的。In 阿爸若去看風水，攏會 tshuā 伊

90 彼時：hit-sî, 那時候。
91 穿插：tshīng-tshah, 穿著。
92 有範：ū pān, 衣著堂堂。
93 tshuā：引導。
94 行入：kiânn-ji̍p, 走進。
95 翻轉工：huan tńg kang, 隔天。
96 門喙：mn̂g-tshuì, 門口。
97 專工：tsuan-kang, 特意做某事。
98 予：hōo, 給予。
99 食：tsia̍h, 吃。
100 昨昏：tsa-hng, 昨天。

去，一--來，是牽羅庚[101]需要伊鬥跤手[102]。二--來，嘛是欲予伊見習的意思。伊講做風水、地理先袂 bái[103]，眞有社會地位，連阮校長辦公室桌仔欲向佗一向[104]，門欲開向啥方位，攏愛予 in 阿爸看--過才敢決定。In 阿爸講看風水是洩漏天機，毋才俗語講「穿山龍，一世窮[105]」，窮就是散[106]，看風水的人一世人[107]佇山內四界[108]穿來穿去，漏洩天機，一定散規世人[109]，共伊的名號做「山龍(San-liông)」，就是山龍(suann-lîng)的意思，想欲用名硩[110]命。

---

[101] 羅庚：lô-kenn, 羅盤。

[102] 鬥跤手：tàu kha-tshiú, 幫忙。

[103] 袂 bái：bē-bái, 還不錯。

[104] 向佗一向：ǹg toh tsit hiàng, 向那一個方向。

[105] 穿山龍，一世窮：tshng suann-ling tsit-sì kîng, 看風水的人，窮一輩子。

[106] 散：sàn, 貧窮。

[107] 一世人：tsit sì lâng, 一輩子。

[108] 四界：sì-kuè, 到處。原漢字應爲「世界」，讀白話音。

[109] 規世人：kui sì lâng, 一輩子。

[110] 硩：teh, 鎭住，壓住。

我講若按呢，你哪會閣會想欲學這途？伊煞[111]講：「若會當[112]幫贊[113]別人好，家己散嘛無要緊。」這句話予做囡仔時的我，想幾若冬[114]。這陣[115]斟酌[116]想--起-來，猶感覺阿龍算是眞有慧根的囡仔。

一年的頭一學期，我就考全班第一名，阿龍講是我的書桌仔有照伊教--的方位重攄較倚倒爿，才會有好成績。我問伊講：

「你的桌仔嘛有攄--過，哪會第三十二名？」

伊頭起先共我講：「你第三排彼搭[117]，力較強，我若毋是有攄--過，哪有法度[118]規班[119]

111 煞：suah, 竟然。
112 會當：ē-tàng, 可以。
113 幫贊：pang-tsān, 幫忙、幫助。
114 幾若冬：kuí nā tang, 好幾年。
115 這陣：tsit-tsūn, 這時候。
116 斟酌：tsim-tsiok, 仔細、小心、謹愼。
117 彼搭：hit-tah, 那處。
118 法度：huat-tōo, 辦法。
119 規班：kui pan, 全班。

閣[120]贏十三个人！」

我閣問伊哪會無共老師講欲坐第三排？伊神秘神秘，講是「福地福人居」，伊無我這款氣運，占好地理嘛無 khah-tshuah[121]。我猶未死心，疑問講：

「若福氣的人就有福運，無福的人占好位嘛無效，按呢看風水、地理有啥意義？」

伊講這是天機，不可洩漏！我煞感覺無意無意[122]，無想欲佮伊講話。欲歇寒[123]進前[124]的上尾工[125]，伊講是欲佮我講和，共我漏洩天機講：

「阮阿爸教我一步撇步[126]，你若拄著[127]應袂出--來的問題，就講這句金言——天機不可

120 閣：koh, 又。
121 無 khah-tsuah：沒有用處。
122 無意無意：bô ì bô ì, 不太熱絡，意興闌珊。
123 歇寒：hioh-kuânn, 放寒假。
124 進前：tsìn-tsîng, 之前。
125 上尾工：siōng bué kang, 最後一天。
126 撇步：phiat-pōo, 好方法、捷徑。
127 拄著；tú-tio̍h, 遇到。

漏洩！」

我問伊講若考試拄著袂曉[128]的問題，伊敢[129]猶原[130]按呢寫？伊講伊考試有眞濟伊袂曉--的，伊眞想欲寫按呢，毋過「機」佮「漏洩」彼幾字仔攏是『生字』，伊寫袂出--來，才會考第三十二名。

我頭一擺的春假旅行是去清水巖，彼是佇彰化佮南投隔界的山區。阮附近上懸的所在，干焦一粒[131]才差不多三人懸的大崙 niâ，冊--裡講的山，我毋知懸到啥物形--的。Uì 阮原斗欲去清水巖，會經過這時叫做 「合興」的小埔心，佮這陣[132]講是「北斗」的寶斗，閣過田中央[133]。阮是包一台客運做遊覽車，經過寶斗的時，阿龍共我講古早大線火車[134] uì 員林以

128 袂曉：bē-hiáu, 不會。
129 敢：kám, 難道。
130 猶原：iû-guân, 仍然。
131 一粒：tsit-lia̍p, 一座。
132 這陣：tsit-tsūn, 這個時候。
133 田中央：Tshân-tiong-ng, 彰化縣地名，今改爲田中。
134 大線火車：tuā suànn hué-tshia, 縱貫線的火車。

後是照省公路按呢，對寶斗、溪州過濁水溪、西螺落南[135]。因為寶斗自早就是台灣真交易[136]的地頭，遐是一窟鉸刀[137]穴的寶地，若開鐵支仔路[138]會破壞寶穴，地方上--的攏反對，尾--仔毋才會 uì 永靖(Ián-tsiān)起就改向，行對社頭、田中央、二水去。我彼時猶毋捌[139]去過都市，毋知彼陣[140]的寶斗已經無算 tshiann-iānn[141]的城市--矣，若無，我會問伊講，哪會有寶穴的所在，煞顛倒[142]發展比火車路沿線的城市較 bái[143]？是欲信風水地理抑是相信交通科技？

清水巖有一个祖師廟，廟庭看--起-來毋是蓋闊，毋過聽講較濟台遊覽車插--入去[144]，

---

135 落南：lȯh lâm, 南下。
136 交易：ka-iȧh, 熱鬧，繁華之意。白話音。
137 鉸刀：ka-to, 剪刀。
138 鐵支仔路：thih-ki-á-lōo, 鐵路。
139 毋捌：m̄-bat, 未曾，從來沒有過。
140 彼陣：hit-tsūn, 那時候。
141 tshiann-iānn：聲勢大、壯觀。
142 顛倒：tian-tò, 反而。
143 衰 bái：sue-bái, 倒楣、不光彩。

嘛是閣冗冗[145]，阿龍報[146]我看，講這是糞箕[147]穴，糞箕看--起-來無大跤[148]，毋過會當抔[149]眞濟物件[150]。伊報我看佗位[151]是糞箕喙[152]，佗位是耳，我實在看無，按怎看嘛無成糞箕。我知影伊共我講--的，攏是 in 阿爸教--伊-的，毋過伊的記智[153]猶算眞好，共我講甲眞斟酌。

我問伊講，鉸刀爿[154]、鐵掃帚佮糞箕這類物件，若帶[155]這款命--的，攏講是破格[156]，應該是歹命，哪會這款穴會變寶穴？敢講[157]若穴

144 車插--入去：插，tshah。台語的「停車」稱「插車」。
145 冗冗：līng-līng，寬、鬆，多一些、有餘裕。
146 報：pò，示意。
147 糞箕：pùn-ki，農家用盛物器。
148 大跤：tuā kha，指容積大。
149 抔：put，由下而上裝盛。
150 物件：mih-kiānn，東西。
151 佗位：toh-uī，哪處？
152 喙：tshuì，嘴巴。
153 記智：kì-tî，記憶，也寫做「記持」。
154 鉸刀爿：ka-to pîng，剪刀片。
155 帶：tài，附著、附有。
156 破格：phuà-keh，命理上對命格的負面用語。

有成[158]啥物物件就是好穴？伊解說講穴嘛有好佮 bái，親像[159]龍穴是皇帝穴，人人愛，算好穴，親像蜈蚣穴，算歹穴，會出大魔王，嘛有彼款[160]豹穴、虎穴，好人得--著，後代做將軍武將，埋毋著人[161]，後代就出惡賊。伊閣用彼時所時行[162]的日本武士電影「宮本武藏」做說明，宮本武藏就是虎穴出身，變大劍客、大俠。彼个 sa-sa--去的小次郎嘛是虎穴，毋過有魔性，才會變歹人，尾--仔猶是予武藏收除擲捒[163]sa-sa--去。阮袂曉講日本話，共「佐佐木」的日語發音讀做 sa-sa--去。我無看過彼齣電影，毋過自彼時起，就掠定[164]電影內底最後

---

157 敢講：kám-kóng, 難道說。
158 成：sîng, 像。
159 親像：tshin-tshiūnn, 就好像。
160 彼款：hit-khuán, 那種。
161 埋毋著人：tâi m̄ tio̍h lâng, 埋錯人。
162 時行：sî-kiânn, 流行。
163 擲捒：tàn-sak, 丟棄。
164 掠定：lia̍h tīng, 比較有把握的認爲。

决鬥輸--的，就是歹人。彼擺[165]的春假旅行，我眞正體會阿龍是一个有天份的地理先--的。

升二年--的了，閣重編班，我成績好，編佇頭段班，就較無機會佮伊講話，干焦知影伊仝款猶咧學看風水、地理。有一擺阮阿舅竹管仔厝翻做瓦厝，入厝[166]有予人鬧熱[167]請人客[168]，我食桌[169]有搪著[170]伊佮 in 老爸。講是厝的地理嘛是 in 阿爸看--的，算貴賓，佮里長坐仝桌，我頭擺聽 in 阿爸咧佮人講話，就是講著寶斗鉸刀穴的代誌，里長問講若按呢，哪會寶斗煞顚倒比田中央較無發展？正牌的地理先講：

「雖罔[171]寶斗比人較無鬧熱[172]，毋過嘛爲著

---

165 彼擺：hit-pái, 那一次。
166 入厝：jip-tshù, 新居落成入住。
167 予人鬧熱：hōo lâng nāu-jia̍t, 讓人來熱鬧一番。
168 人客：lâng-kheh, 客人。
169 食桌：tsia̍h-toh, 喝喜酒。
170 搪著：tng tio̍h, 不期而遇的。
171 雖罔：sui-bóng, 雖然。
172 鬧熱：nāu-jia̍t, 熱鬧。

無鐵支路[173]的交通利便，較無大工廠來thún[174]，保持較好的環境，寶斗人生活了較清氣[175]、四序[176]，毋是講鬧熱、發達就上好[177]--的。」

阿龍共我使目尾[178]，意思是問我對這款答案有滿意--無。

閣來，我攏無仝班咧無閒做班長，就罕得[179]閣來去[180]--矣。

這篇稿拄[181]寫了[182]，就接著伊的電話，問伊這時咧創[183]啥頭路[184]，有咧共人看地理--

173 鐵支路：thih-ki-lōo, 指火車路線。
174 thún：糟蹋、破壞。
175 清氣：tshing-khì, 乾淨。
176 四序：sù-sī, 舒適。
177 上好：siōng-hó, 最好。
178 使目尾：sái bak-bué, 使眼色。
179 罕得：hán tit, 少有。
180 來去：lâi-khì, 往來。
181 拄：tú, 剛好。
182 寫了：siá liáu, 寫完。
183 創：tshòng, 從事。
184 啥頭路：siánn thâu-lōo, 什麼行業。

無？伊笑笑講，自讀師專了就一直佇一間庄跤[185]國校做老師，這時兼做教務主任--矣。我問伊講：

「水箱仔內有十尾金魚，死一尾--去，按呢偆幾尾？」

伊講這毋是算術的數學問題，若欲變做算術問題，著愛[186]講：

「水箱仔內有十尾金魚，掠出來一尾了後，內面偆幾尾？」

我頭殼內彼个地理囡仔先，煞變做學校的教務主任，我眞僫[187]共聯想做一夥[188]，總--是，我猶是歡喜三十幾年後，閣有國校的同學相揣[189]。

---

185 庄跤：tsng-kha, 鄉下。
186 著愛：tio̍h ài, 必須得要。
187 僫：oh, 困難。
188 做一夥：tsò tsit hué, 在一起。
189 相揣：sio-tshuē, 互相拜訪、探視。

新婦仔[1]變尪姨[2]

伴朋友去共人[3]揞訂[4]，照台灣例，攢一寡禮數[5]，手指[6]、妝 thānn[7]，閣有一个柴盒仔，內面[8]貯一只[9]現金，朋友講是聘金禮。這陣[10]眞濟[11]人無咧收聘金，毋過[12]禮數原在，先送

---

1 新婦仔：sin-pū-á, 童養媳。

2 尪姨：ang-î, 平埔的女巫。

3 共人：kā-lâng, 給人家。

4 揞訂：kuānn-tiānn, 下聘禮。

5 攢一寡禮數：tshuân tsit kuá lé-sòo, 準備一些該有的禮物。

6 手指：tshiú-tsí, 戒指。

7 妝 thānn：tsng-thānn，裝扮的飾品。

8 內面：lāi-bīn, 裡面。

9 貯一只：té tsit tsí, 裝一疊。

10 這陣：tsit-tsūn, 這時候。

11 眞濟：tsin-tsē, 很多。

--去，彼頭[13]才閣退--轉-來[14]。我眞欣賞這種禮儀，這是現代人無共嫁查某囝[15]當做經濟行爲，閣會當[16]維持傳統文化上好[17]的表現。

古早[18]佇[19]抛荒[20]的時代，物資欠缺，生活困難，飼[21]一个囡仔[22]大漢[23]，愛開[24]眞濟，查埔囡仔[25]大漢會當留佇厝--裡鬥趁[26]，飼囝[27]所開的費用算投資，查某囝大漢愛嫁去別人

---

12 毋過：m̄-koh, 不過。
13 彼頭：hit-thâu, 對方。
14 轉來：tńg--lâi, 回來。
15 查某囝：tsa-bóo-kiánn, 女兒。
16 閣會當：koh ē-tàng, 還可以。
17 上好：siōng-hò, 最好。
18 古早：kóo-tsá, 古時候。
19 佇：tī, 在。
20 抛荒：pha-hng, 荒蕪。
21 飼：tshī, 餵養。
22 囡仔：gín-á, 孩童。
23 大漢：tuā-hàn, 長大成人。
24 開：khai, 花費。從日語「買」的發音。
25 查埔囡仔：tsa-poo-gín-á, 男孩子。
26 鬥趁：tàu thàn, 幫忙賺錢。
27 飼囝：tshī kiánn, 養兒子。

兜[28]，若無換一寡聘金轉--來，就加了[29]番藷仔米--的。有寡人根本無才調[30]共查某囝飼甲[31]大，就先共送人做「新婦仔」，予[32]未來的大家官[33]先飼。阮庄--裡出名的尪姨「缺(khueh)仔」，就是細漢[34]分[35]人做新婦仔--的。

缺仔 in[36]兜無比人較散偌濟[37]，橫直[38]逐口灶[39]攏[40]仝款[41]艱苦，是缺仔in老爸毋擔輸贏[42]，

---

28 兜：tau, 家。
29 加了：ke-liáu, 多花費。
30 才調：tsâi-tiāu, 才能。
31 飼甲：tshī kah, 養到。
32 予：hōo, 給予。
33 大家官：ta-ke kuann, 公公婆婆。
34 細漢：sè-hàn, 小時候。
35 分：pun, 給人領養。
36 in：他們。
37 散偌濟：sàn juā-tsē, 貧窮多少。
38 橫直：huâinn-tit, 反正。
39 逐口灶：ta̍k kháu-tsàu, 每戶人家。
40 攏：lóng, 都。
41 仝款：kâng-khuán, 一樣。
42 毋擔輸贏：m̄ tam su-iânn, 對後果不敢負責。

想欲加生幾个仔後生[43]通好鬥[44]作穡[45]，生著查某囝嘛是無法度[46]--的，缺仔 in i--á[47]講：

「查某囡仔佇厝--裡鬥做的工課[48]，是比查埔--的較濟--咧，若無查某囝共我鬥跤手[49]，我會做--死。」

查埔人講--的才是話，老爸有別種掛慮[50]，猶是共[51]缺仔分予別庄經濟較好--的做新婦仔，彼年缺仔拄好[52]八歲滿。對方是好家庭，查埔--的才三歲爾[53]，拄[54]咧學行[55]，步步

---

43 後生：hāu-sinn, 兒子。
44 鬥：tàu, 幫忙。
45 作穡：tsoh-sit, 種田、工作。
46 無法度：bô huat-tōo, 沒辦法。
47 a-i、i--á：平埔族稱呼母親。
48 工課：khang-khuè, 有酬勞的工作。原字「功課」，白話音 khang-khuè。
49 鬥跤手：tàu kha-tshiú, 幫忙。
50 掛慮：khuà-lū, 牽掛。
51 共：kā, 把。
52 拄好：tú hó, 剛好。
53 爾：niâ, 而已。
54 拄：tú, 剛剛。

著缺仔共偝[56]、共騙[57]，庄--裡年歲相當的囡仔伴自動編念歌[58]笑伊講：

「某[59]偝翁[60]，輕輕鬆鬆；後日[61]換翁抱某，艱艱苦苦！」

彼陣[62]的缺仔猶毋知翁仔某[63]的意思，聽人按呢[64]共笑，想講應該毋是啥物[65]好--的。做人的新婦仔，講較白--咧，就是換三頓飽的查某長工。對方講--來生活有較好過--淡-薄-仔[66]，嘛毋是偌歹[67]、偌惡[68]的人，對拄分

55 學行：o̍h-kiânn, 學走路。
56 偝：āinn, 背。專指背人。
57 騙：phiàn, 哄騙。
58 念歌：liām-kua, 台灣歌謠。
59 某：bóo, 妻子。
60 翁：ang, 丈夫。
61 後日：āu-jit, 以後、改天。
62 彼陣：hit-tsūn, 那時候。
63 翁仔某：ang-á-bóo, 夫妻。
64 按呢：án-ne, 這樣子。
65 啥物：siánn-mih, 什麼。
66 淡薄仔：tām-po̍h-á, 稍微。
67 偌歹：juā pháinn, 多麼壞。

--來[69]的缺仔，猶是先當做查某囝看待，猶原先 tshuā[70]伊去 hak 寡[71]衫仔褲[72]，吩咐缺仔叫未來的大家官「阿母佮[73]阿爸」，準講[74]日後合房[75]揀做堆[76]，才免閣改喙[77]。三歲的查埔囡仔就先當做小弟，予缺仔負責共伊 io[78]，共伊 tshuā[79]。庄跤人[80]厚話屎[81]，厝邊兜[82]加減會共缺仔這个新婦仔當做話題，會來會去[83]，囡仔

---

68 偌惡：juā ok, 多兇惡。
69 分--來：pun--lâi, 領養來。
70 tshuā：帶領、引導。
71 hak 寡：hak kuá, 買一些。hak：買較貴重的物品，漢字也作「蓄」。
72 衫仔褲：sann-á-khòo, 衣服和褲子。
73 佮：kap, 和。
74 準講：tsún-kóng, 就算。
75 合房：kap-pâng, 睡同房，即成婚。
76 揀做堆：sak tsò tui, 成為一對夫妻。
77 改喙：kái-tshuì, 更改稱謂。
78 共伊 io：kā i io, 呵護他。
79 共伊 tshuā：kā i tshuā, 陪伴引導他。
80 庄跤人：tsng-kha lâng, 鄉下人。
81 厚話屎：kāu uē-sái, 好說閒話。
82 厝邊兜：tshù-pinn-tau, 鄰居。

聽--著，毋捌[84]世事，才會編念歌笑--伊，講--來，嘛毋是有啥歹意[85]。

當時的庄跤所在毋是蓋[86]重教育，主要是一--來，學校離庄通常攏[87]有較遠，無蓋利便[88]。二--來，庄跤作穡上需要勞力，雖罔[89]是囡仔人，猶是有 in 會當鬥做的工課。三--來，受教育對庄跤的作穡人無偌大的幫贊[90]，有讀冊[91]--的無比別人較 gâu[92]作穡。連查埔囡仔都眞濟無去入學--的-矣，缺仔這款出身散赤[93]家庭的查某囡仔人，就閣較免講，當然無

---

83 會來會去：huē lâi huē khì, 議論紛紛。
84 毋捌：m̄-bat, 不懂。
85 歹意：pháinn-ì, 惡意。
86 蓋：kài, 多麼。
87 攏：lóng, 都。
88 利便：lī-piān, 便利。
89 雖罔：sui-bóng, 雖然。
90 幫贊：pang-tsān, 幫忙、幫助。
91 讀冊：thák-tsheh, 讀書。
92 較 gâu：khah gâu, 比較有才能。
93 散赤：sàn-tsiah, 貧困，也讀「sàn-tshiah」。

機會通[94]去學校讀冊。人分缺仔是欲做新婦仔--的，罕得[95]聽著有人專工[96]分一个新婦仔來栽培、讀冊，就是按呢，缺仔一世人[97]毋捌字[98]，毋過伊自細漢就各樣各樣[99]，定定[100]毋知佮 siáng[101]咧講話，邊仔根本都無看著甲[102]半个人，伊講話的表情閣真正經，問伊是佮 siáng 咧講話，伊有時仔講是生份人[103]，有時講：

「彼[104]都[105]阿祖--咧！」

缺仔 in 阿祖自伊猶未出世就過身[106]--矣，

94 通：thang, 可以。
95 罕得：hán-tit, 幾乎很少。
96 專工：tsuan-kang, 特意做某事。
97 一世人：tsi̍t sì lâng, 一輩子。
98 毋捌字：m̄-bat jī, 不認識字。
99 各樣：koh-iūnn, 跟常人不同。
100 定定：tiānn-tiānn, 時常。漢字亦用「迭迭」。
101 siáng：誰人。
102 甲：kah, 到。
103 生份人：tshinn-hūn lâng, 陌生人。
104 彼：he, 那個。
105 都：to, 就是。
106 過身：kuè-sin, 死亡、過往，與往生同義。

伊也毋捌見--過。人閣問伊阿祖啥款生張[107]體態，煞講甲對 tâng[108]對 tâng，庄--裡才喊--起-來[109]，講缺仔有陰陽目[110]，會當看迵[111]陰陽界。這款通靈的人，閣有各樣的所在，喙[112]極[113]破格[114]，人講「無影無一跡[115]，煞講甲對對」，有預言的本能，對未來特別敏感，若予伊講--過的代誌[116]，攏特別聖[117]，人講「聖甲喙會使[118]借人生囝[119]」，串講串準[120]，閣攏

---

107 生張：sinn-tiunn , 長相。

108 對 tâng：tuì-tâng, 正確合適。

109 hán--起-來：hán--khí-lâi, 起了傳言。

110 陰陽目：im-iông ba̍k, 傳說能看到一般人看不到的物、人。

111 看迵：khuànn-thàng , 透視過去。

112 喙：tshuì, 嘴巴。

113 極：ki̍k, 非常。

114 破格：phuà-keh, 命相學用語, 負面的性格。

115 無影無一跡：bô iánn bô tsi̍t tsiah, 無中生有的加強語氣。

116 代誌：tāi-tsì, 事情。

117 聖：siànn , 靈聖。

118 會使：ē-sái, 可以。

119 生囝：sinn-kiánn, 生孩子。

毋是啥物好空代[121]。愈大漢，神祕的怪事也愈濟，厝--裡的人煞有寡驚--伊，這也是 in 老爸緊欲共缺仔分人做新婦仔的緣故。

拄來的時，有當時仔[122]看缺仔無代誌向[123]門喙[124]外口[125]喝[126]講：

「入來坐--啦！請問欲揣[127]啥人？」

厝--裡的人當做伊猶囡仔性，家己[128]若咧辦公伙仔[129]，變耍笑--的[130]，互相共當做笑談[131]，過一段時間，看伊閣猶原按呢，才感覺有寡問題。代誌經過三年，聽人講附近來一个

---

[120] 串講串準 : tshuàn kóng tshuàn tsún, 每說必中。
[121] 好空代：hó-khang tāi , 好的、有利的物事。
[122] 有當時仔：ū tang-sî á, 有時候。
[123] 向：ǹg, 向著。
[124] 門喙：mn̂g-tshuì, 門口。
[125] 外口：guā-kháu, 外面。
[126] 喝：huah, 喊聲。
[127] 揣：tshuē, 尋找。
[128] 家己：ka-tī, 自己。
[129] 辦公伙仔：pān kong-hué-á, 扮家家酒。
[130] 變耍笑--的：pìnn sńg-tshiò--ê, 鬧著玩的。
[131] 笑談：tshiáu-tâm, 當笑話說。

師父[132]，道行高深，眞正是活佛[133]彼款--的，緊拜託人去搬請[134]伊來。

師父眞正寶相莊嚴，精差[135]年歲較老，目睭[136]無好，有一个徒弟引 tshuā[137]伊來，庄跤人蓋好玄[138]，聽著有高僧欲來看缺仔，挨挨雜雜[139]揳[140]佇門口埕[141]，看師父展大法。缺仔穿一軀婧衫[142]出來見師父，見面就笑，毋是囡仔的笑，是眞正歡喜的笑容，這時，師父看無啥有[143]的目睭雄雄[144]展大蕊[145]，射出光 mê[146]，斟

---

[132] 師父：su-hū, 稱呼有道行的出家人。
[133] 活佛：uah-put,「佛」音 put, 來自梵語。
[134] 搬請：puann-tshiánn, 禮聘。
[135] 精差：tsing-tsha, 相差。二者之間的差異。
[136] 目睭：bak-tsiu, 眼睛。
[137] 引 tshuā：ín-tshuā, 引導。
[138] 好玄：hònn-hiân, 好奇。
[139] 挨挨雜雜：e e tsap tsap, 聚集成一堆。
[140] 揳：kheh, 擠。
[141] 門口埕：mn̂g-kháu-tiânn, 門前庭院。
[142] 一軀新衫：tsit su sin-sann, 一套新衣服。
[143] 看無啥有：khuànn bô siánn ū, 視覺能力不怎麼好。
[144] 雄雄：hiông-hiông, 突然間。

酌[147]相[148]缺仔一睏[149]，才講：

「這个囡仔毋是普通的囡仔，伊有緣，恁[150]毋通共伊當做新婦仔看待！」

主人聽師父按呢講，緊應講：「若伊有緣，阿無[151]就綴[152]師父去修行。」

師父閣講：

「伊毋是佛緣，嘛毋是人緣，總--是，有利益眾生的利用。」

自師父按呢講了後，庄--裡就攏知影[153]缺仔毋是普通人，庄跤人本底[154]就比人較信佛信命，聽師父講缺仔毋是有佛緣，嘛毋是人緣，

145 展大蕊：tián tuā-luí, 張大眼睛。
146 光 mê：光芒。
147 斟酌：tsim-tsiok, 仔細。
148 相：siòng, 凝視。
149 一睏：tsit khùn, 一下子。
150 恁：lín, 你們。
151 阿無：a bô, 要不然。
152 綴：tuè, 跟隨。
153 知影：tsai-iánn, 知道。
154 本底：pún-té, 本來。

按呢一定是有陰界的緣，也就是通靈的人，會當牽亡[155]、牽尪姨，就攏提米錢來拜託缺仔，無論田園買賣，抑是後生[156]、查某囝嫁娶，攏愛缺仔請祖先出來問--一-下，缺仔佇庄--裡煞 uì 新婦仔變做尪姨。

在來[157]講著新婦仔，攏是咧講按怎[158]予人苦毒[159]，論眞來講，缺仔來到這戶，並無遐[160]歹命，tshuā 一个減伊五歲的小弟，嘛毋是蓋食監[161]的工課，有是加減[162]閣鬥料理灶跤[163]的

---

155 牽亡：khan-bông，由靈媒牽引亡魂來與生者見面或對話。
156 後生：hāu-sinn，兒子。
157 在來：tsāi-lâi，本來。
158 按怎：án-tsuánn，怎麼樣。
159 苦毒：khóo-to̍k，虐待。
160 遐：hiah，那麼。
161 介食監：kài tsia̍h-kann，非常嚴重，比「食力」的程度還重。
162 加減：ke-kiám，多多少少。
163 灶跤：tsàu-kha，廚房。

代誌，抑是款[164]精牲仔[165]，比佇家己的厝--裡較輕可[166]，無親像人講的新婦仔命按呢，缺仔這个人有寡怪怪，伊對好佮 bái 也無啥計較，人問伊敢會心悶[167]厝、想爸仔母仔[168]，伊講：

「思念是生成[169]會--的，爸母就是爸母，生--的囥[170]一邊，養--的較大天，攏仝款是爸母。生做查某囡仔愛認命，加[171]想是家己加艱苦--的爾，橫直我有辦法欲看著 siáng 就有通看著 siáng。」

缺仔的名聲愈來愈 tháu[172]，到伊二十歲的時，小弟也十五--矣，厝--裡講會使予 in 合房--矣，訂一个日子欲予 in 完婚。缺仔講伊共對

---

164 款：khuán, 料理、張羅。
165 精牲仔：tsing-sinn-á, 雞鴨之類的家禽。
166 輕可：khin-khó, 輕鬆。
167 心悶：sim-būn, 思念、想念。
168 爸仔母仔：pē-á bú-á, 父母親。
169 生成：sinn-sîng, 天生的。
170 囥：khǹg, 放置。
171 加：ke, 多。
172 名聲 tháu：miâ-siann tháu, 聲名大噪。

方當做若像親小弟--咧，伊袂當[173]佮家己的小弟結婚，閣再講，伊嘛知影家己毋是適合結婚的人，希望伊永遠是 in 的查某囝，嘛是一个好大姊。

講罔講[174]，彼个時代欲娶某無偌簡單，缺仔本底就是人的新婦仔，性地[175]好，對小弟，也就是未來的細漢翁婿眞體貼，厝--裡大細佮伊感情嘛眞會投機[176]，這款新婦欲去佗位[177]揣，堅持缺仔愛照當初的約束，二人揀做堆。缺仔眞知影家己是啥身份來--的，這時閣講啥也無路用[178]，閣講，這爿[179]的爸母對伊恩情較大天，閣這个小弟自細漢就是伊咧照顧--的，

173 袂當：bē-tàng, 不可以。
174 講罔講：kóng bóng kóng, 說歸說。
175 性地：sìng-tē, 個性。
176 會投機：ē tâu-ki, 會投緣。
177 佗位：toh-uī, 哪處。
178 無路用：bô lōo-iōng, 沒有用，無濟於事。
179 爿：pîng, 邊。

無缺仔嘛敢若[180]袂使[181]的款，無 siánn-sì[182]的缺仔干焦要求完婚彼工，希望由 in 親生爸母來主婚。

自缺仔分人做新婦仔到今[183]，親生老母捌來偷看缺仔一擺，尾--仔 in 老爸講按呢毋好，擋無欲予伊閣來，彼是缺仔十歲的代誌，都也過十年--矣，想袂到細漢閣瘦的查某囝會變甲遐媠[184]，閣穿媠噹噹的新娘衫，老母歡喜甲流目屎，老爸嘛共查某囝 tshē[185]，講佳哉[186]今仔日有好結局，伊才袂遐艱苦心[187]。缺仔講伊無怨啥人，今仔日是欲佮厝--裡做一个會面爾，伊永遠攏會記得二爿爸母的恩情，嘛一直攏真心悶厝--裡的兄弟仔，想袂到閣有仝桌食飯的

180 敢若：kán-na, 好像。
181 袂使：bē-sái, 不可以。
182 無 siánn-sì：值得同情、可憐的。
183 今：tann, 今天、現在。
184 媠：suí, 美。
185 tshē：道歉，賠罪。
186 佳哉：ka-tsài, 慶幸。
187 艱苦心：kan-khóo sim, 心情痛苦。

機會。

缺仔自來講話就怪怪，二爿爸母小可仔[188]知伊的性，也無問一个眞，想講今都欲完婚--矣，有啥話，後擺[189]眞有時間通講--咧。二爿親家[190]親姆[191]互相敬酒食桌[192]，攏啉[193]甲醉醉，彼暝攏蹛[194]佇親家仔遮[195]。

翻轉工[196]早起[197]，日頭[198]蹈[199]眞懸[200]--矣，新娘猶未起床，眾人想講欲 ánn[201]十五歲的

---

188 小可仔：sió-khuá-á, 稍微。
189 後擺：āu-pái, 以後。
190 親家：tshin-ke, 親家公。
191 親姆：tshinn-ḿ, 親家母。
192 食桌：tsia̍h-toh, 上桌饗宴。
193 啉：lim, 喝。
194 蹛：tuà, 住。
195 遮：tsia, 這裡。
196 翻轉工：huan tńg kang, 隔天。
197 早起：tsái-khí, 早上。「tsá 起」，是比較早起床。
198 日頭：jit-thâu, 太陽。
199 蹈：peh, 往上爬升。
200 懸：kuân, 高。
201 ànn：掩護著，哄人睡覺。

翁睏，有較忝[202]，都也無感覺有啥奇怪，到欲晝[203]，新郎起床煞[204]揣無新娘，講是昨暝[205]就叫伊先睏，伊欲去陪親生爸母一暝，就無閣入房間。眾人才知影缺仔偷走--去-矣。

缺仔先去南部毋知啥物所在覕一站仔[206]時間，才轉去共養爸母會失禮[207]，講伊無論按怎都袂使佮若小弟--的結婚，伊事先有感應，這个婚姻會予厝--裡發生不幸，伊才會偷走。彼時[208]代誌過規年[209]--矣，厝內人攏原諒--伊-矣，閣缺仔講會發生不幸，無人敢無相信，就無閣追究這項代誌。

雖罔是按呢，缺仔猶是感覺家己違背約

202 較忝：khah-tiám, 比較疲勞。
203 欲晝：beh-tàu, 快到中午。
204 煞：suah, 竟然。
205 昨暝：tsa-mê, 昨夜。
206 覕一站仔：bih tsit tsām á, 躲一段時日。
207 會失禮：hē sit-lé, 道歉，賠不是。
208 彼時：hit-sî, 那時候。
209 規年：kui-nî, 整年。

束[210]，無做人的新婦，歹勢[211]閣蹛本庄，堅持搬去外鄉，尾--仔，就佇阮庄做尪姨，一直到阿 tsiáng 接伊的工課，才閣搬去別位仔[212]，嘛是做收驚兼尪姨。

210 約束：iok-sok, 約定、允諾。
211 歹勢：pháinn-sè, 不好意思。
212 別位仔：pa̍t-uī á, 別處。

改運的故事

逐年[1]的七--月，台灣眞濟[2]青年學生攏[3]愛經過大考，一擺[4]的考試就變做決定未來重要的機會。考了[5]好的人，有的是普通時就認眞準備，有的是好運，拄好[6]題目攏是有讀--過-的。倒反[7]的理論嘛會使[8]用佇[9]考了較 bái[10]的

1 逐年：ta̍k-nî, 每一年。
2 眞濟：tsin-tsē, 很多。
3 攏：lóng, 都。
4 一擺：tsi̍t-pái, 一次。
5 考了：khó liáu, 考得。
6 拄好：tú-hó, 剛好、湊巧。
7 倒反：tò-píng, 反過來。
8 會使：ē-sái, 可以。
9 佇：tī, 在。
10 較 bái：khah bái, 比較差。

人，極加[11]是講一句「時--也，運--也，命--也」，就是講時機對咱[12]不利，是咱的運途[13]無好[14]，siáng[15]叫咱生成[16]這款命。

運佮[17]命無仝款[18]，運是一時，命是根本，一世人[19]的經歷。命運是講一時的氣運，運命是一世人的命底生成。命若 bái[20]，講眞僫[21]改，運若 bái，暫時會使較忍耐，毋過[22]嘛有較無耐性--的，規氣[23]就想辦法改運。

我有一个佇大學做副教授的朋友，我無

---

11 極加：kik-ke, 頂多。
12 咱：lán, 我們。
13 運途：ūn-tôo, 運勢。
14 無好：bô hó, 不好。
15 siáng：誰，啥人。
16 生成：sinn-sîng, 天生的。
17 佮：kap, 和。
18 仝款：kāng-khuán, 一樣。
19 一世人：tsit sì lâng, 一輩子。
20 bái：不好。
21 僫：oh, 困難。
22 毋過：m̄-kò, 不過。
23 規氣：kui-khì, 乾脆。

方便講出伊的名，暫時稱呼伊阿川。伊眞相信改運，伊的一生就是靠改運才完全無仝款--的，這是伊講予[24]我聽的一个伊細漢[25]改運的故事。

阿川年歲[26]佮我相當，伊是台南彼方面的庄跤囡仔[27]，聽伊講--起-來，台南佮阮遐[28]的庄跤差無偌濟[29]，毋過，in[30]毋是講「庄跤」，in 講--的是「草地」。無論庄跤抑[31]草地，有一寡[32]傳統觀念是全台灣性--的，尤其是對運命無條件的相信，佮對新社會事務的固執，佮我出世的庄跤煞[33]攏仝款。In 彼庄號作[34]啥物[35]

---

[24] 予：hōo, 給予。
[25] 細漢：sè-hàn, 小時候。
[26] 年歲：nî-huè, 年紀。
[27] 庄跤囡仔：tsng-kha gín-á, 鄉下小孩子。
[28] 遐：hia, 那裡。
[29] 差無偌濟：tsha bô juā tsē, 差不太多。
[30] in：他們。
[31] 抑：iah, 還是。
[32] 一寡：tsit-kuá, 一些。
[33] 煞：suah, 卻。
[34] 號作：hō tsoh, 叫作。

名，我嘛袂記--得，干焦[36]知影[37]是台南欲佮高雄縣隔界的所在，咱就清彩[38]共[39]號一个名，講是「溪頂庄」。

阿川 in 老爸老母結婚的時，無得著雙方家庭的祝福，註定歹運[40]的開始。彼陣[41]in 阿爸拄[42]退伍無偌久[43]，佇軍中學會曉[44]駛車[45]，無想欲佮兄弟守[46]佇草地作穡[47]，就去貨物仔行[48]引做司機的頭路[49]，彼時[50]猶叫做「運轉手

---

35 啥物：siánn-mih, 什麼。
36 干焦：kan-tann, 只有、只是。
37 知影：tsai-iánn, 知道。
38 清彩：tshìn-tshái, 不講究。
39 共：kā, 將。
40 歹運：phái-ūn, 背運、倒楣。運氣不好。
41 彼陣：hit-tsūn, 那時候。
42 拄：tú, 剛剛。
43 偌久：juā-kú, 多久。
44 會曉：ē-hiáu, 知道、懂得。
45 駛車：sái-tshia, 開車。
46 守：tsiú, 是動詞，名詞讀「siú」。
47 作穡：tsoh-sit , 種田。
48 貨物仔行：huè-bu̍t-á hâng, 貨運行。
49 引頭路：ín thâu-lōo, 求職，找工作。

[51]」，專門載大豬走[52]台北早市。當時的民間社會對駛車這款行業有偏見，認定彼是懸[53]危險的工課[54]，有時行[55]一句話講「查某囝[56]無愛嫁運轉手」。阿川 in 母仔體格勇，身材生張[57]攏無地嫌[58]，干焦 bái 佇跤 pôo[59]真大。台灣社會要求女性的條件攏奇怪，毋是對品德、才能的稽考[60]，若有女性講話大嚨喉空[61]，抑是大跤pôo，閣較譀[62]--的，連人的跤蹄[63]嘛愛反[64]

---

[50] 彼時：hit-sî, 那時候。

[51] 運轉手：ūn-tsuán-tshiú, 駕駛員，司機。

[52] 走：tsáu, 運往。

[53] 懸：kuân, 高。

[54] 工課：khang-khuè, 有酬勞的工作。原字「功課」，白話音 khang-khuè。

[55] 時行：sî-kiânn, 流行。

[56] 查某囝：tsa-bóo-kiánn, 女兒。

[57] 生張：sinn-tiunn , 長相。

[58] 無地嫌：bô tè hiâm, 沒得嫌棄。

[59] 跤 pôo ：kha-pôo, 腳盤。

[60] 稽考：khe-khó, 研究討論。

[61] 大嚨喉空：tuā nâ-âu khang, 形容人習慣大聲講話。

[62] 譀：hàm, 誇張、不可思議。

[63] 跤蹄：kha-tê, 腳掌。

來看，講白跤蹄[65]嘛是仝款，攏是鉸刀爿[66]、鐵掃帚，這是剋夫命。就是按呢[67]，阿川 in 爸母的婚姻並無得著雙方家庭的接納，二个新婚翁某[68]無愛蹛佇[69]庄內，去溪頂庄外的溪仔邊，揣[70]一塊無主的埔仔地，家己[71]搭寮仔[72]過日。

過無偌久，新娘仔就有身[73]--矣，Tih 欲[74]做老爸，當然歡喜，爲欲予某囝[75]過較快活的日子，就閣較拚勢[76]。大豬載去台北有一定的行情，車駛愈緊，豬仔失重較少，而且先到--

64 反：píng, 翻轉。
65 白跤蹄：pėh-kha-tê, 形容倒霉鬼、掃把星。
66 鉸刀爿：ka-to pîng, 剪刀片。
67 按呢：án-ne, 這樣子。
68 翁某：ang-bóo, 夫妻。
69 蹛佇：tuà tī, 住在。
70 揣：tshuē, 尋找。
71 家己：ka-tī, 自己，也稱「ka-kī」。
72 寮仔：liâu-á, 人住稱「liâu」，動物住稱「tiâu」，漢字同。
73 有身：ū-sin, 懷孕。
74 tih 欲：tih beh, 快要。
75 某囝：bóo-kiánn, 妻兒。
76 拚勢：piànn-sè , 拚命。

的，價數[77]嘛較好，貨物仔行有獎金制度，便若[78]逐過[79]一台載豬仔車，就加[80]發賞金，押車--的坐佇 ùn-tsiàng[81]邊仔，手--裡拎[82]一只銀票[83]，掠[84]過一台車就隨抽一張惡面--的[85]，看著錢，逐个[86]嘛目睭[87]展大蕊[88]，油門就盡量推[89]。彼時陣猶無高速公路，省公路加減嘛有青紅燈[90]，到遮[91]來--矣，目睭起濁，管待

---

77 價數：kè-siàu, 價格。
78 便若：piān-nā, 凡是若有。
79 逐過：jiok-kuè, 追趕超過。
80 加：ke, 增加。
81 ùn-tsiang：司機，駕駛員的日語發音。
82 拎：gīm, 將物品緊握手心的動作。
83 一只銀票：tsit tsí gîn-phiò, 一疊鈔票。
84 掠：lia̍h, 抓。此處指超車。
85 惡面--的：ok bīn--ê, 指最高面額鈔票上的肖像。
86 逐个：ta̍k-ê, 每個人。
87 目睭：ba̍k-tsiu, 眼睛。
88 展大蕊：thián tuā-luí, 張大眼睛。thián, 是動詞，名詞讀「tián」。
89 推：tshui, 推動、加強。是文讀音，白話音讀「the」。
90 青紅燈：tshinn-âng-ting, 設於十字路口的紅綠燈。
91 遮：tsia, 這裡。

伊[92]啥物燈，連交通--的嘛無咧共信 táu[93]，橫直[94]銀票上大[95]，車後壁[96]的豬仔愈 kônn[97]，是駛愈雄[98]。佇阿川欲出世的前一個月，in 老爸佇苗栗段，規台車和(hām)幾千公斤的豬傱[99]對山崁落，挵甲[100] mi-mi mauh-mauh[101]，人夾佇車門，跤手[102]攏斷--去。

這起車厄[103]，講好運嘛歹運，in 老爸無死，毋過變做廢人，若死，顛倒[104]較規氣，就是按呢半遂[105]，才會拖--死-人。貨物仔行講是

92 管待伊：kuán thāi i, 管他的。
93 無共信 táu：bô kā sìn-táu, 不理睬。
94 橫直：huâinn-tit, 反正。
95 上大：siōng-tuā, 最大。
96 後壁：āu-piah, 後面。
97 kônn：豬的叫聲。
98 雄：hiông, 急速。
99 傱：tsông, 直奔而落。
100 挵甲：lòng kah, 撞得。
101 mi-mi mauh-mauh：破壞到不成形。
102 跤手：kha-tshiú, 手腳。
103 車厄：tshia-eh, 車禍。
104 顛倒：tian-tò, 反而。

員工愛家己負責，互相契約甲[106]眞明瞭，無共員工請求賠車佮豬的損失，就眞萬幸--矣，哪有啥賠償金。彼時的勞工無啥物保障制度，欲告嘛告人袂贏。尾手[107]，行--裡猶是有意思意思，提寡慰問金來。

本底[108]女方的家庭是嫌運轉手危險性懸，男方是嫌查某大跤 pôo，剋翁命，出代誌[109]了後[110]，規个溪頂庄一帶，攏指指 tu̍h-tu̍h[111]，講做人袂使[112]傷鐵齒[113]，若無咧信命就是逆天。阿川 in 老母愛顧翁[114]，閣著 tshuā 幼囝[115]，一

---

105 半遂：puàn-suī, 半身不遂。
106 甲：kah, 到。
107 尾手：bué-tshiú, 後來。
108 本底：pún-té, 本來。
109 代誌：tāi-tsì, 事情。
110 了後：liáu-āu, 之後。
111 指指 tu̍h-tu̍h：kí-kí tu̍h-tu̍h, 指指點點。
112 袂使 : bē-sái, 不可以。
113 傷鐵齒：siunn thih-khí, 太固執，不聽人言。
114 翁：ang, 丈夫。全稱「翁婿」。
115 tshuā 幼囝：tshuā iù kiánn，照顧幼子。

个查某人[116]，干焦二支手骨[117]，未來是長 ló-ló[118]，日子毋知欲按怎渡？閣有一个後生[119]，嘛著愛伊家己晟[120]，步步攏著[121]錢，伊驚遐的慰問金開焦--[122]去，後擺[123]無才調[124]予阿川讀冊[125]，就去換做金條，藏佇真秘密的所在，無論按怎都無欲用遮的金條。

原本無遐爾[126]相信運命的人，予人講久嘛會起僥疑[127]，in 母仔煞開始感覺家己檢采[128]有影是命底傷硬[129]，需要想辦法改運，無論廟寺

116 查某人：tsa-bóo-lâng, 女人。
117 手骨：tshiú-kut, 此處指雙手。
118 長 ló-ló：tn̂g ló-ló, 很長。
119 後生：hāu-sinn, 兒子。
120 家己晟：ka-tī tshiânn, 自己扶養、栽培。
121 著：tio̍h, 需要、得。
122 開焦：khai-ta, 花光了。
123 後擺：āu-pái, 以後。
124 無才調：bô tsâi-tiāu, 沒有能力。
125 讀冊：tha̍k-tsheh, 讀書。
126 遐爾：hiah-nī, 那麼地。
127 僥疑：giâu-gî, 猜疑。對人或事的猜忌、疑慮。
128 檢采：kiám-tshái, 也許、如果。是台灣的謙虛詞。

跋桮[130]、抽籤，抑是安太歲，相命跋卦，看面相卜鳥仔卦，有人講，就去跋[131]、去求，厝--裡神明、香爐，祀[132]比廟--裡較濟。

阿川自做囡仔起就愛[133]顧 in 老爸，共伊飼食[134]，舞屎搦尿[135]、洗身軀，in 老爸自車厄了後，感覺家己一人拖累規家，心情艱苦，本來是袂安心爾[136]，尾--仔煞性地[137]變甲足 bái，略略--仔[138]就受氣[139]，罵某罵囝，人講「久病無孝子」，一个七、八歲囡仔，當咧愛迌迌[140]，

---

[129] 傷硬：siunn-ngī, 太堅硬。
[130] 跋桮：pua̍h-pue, 擲筊。桮與「盃」同。
[131] 跋：pua̍h, 丟擲。
[132] 祀：tshāi, 供奉。
[133] 愛：ài, 必需、得。
[134] 飼食：tshī tsia̍h, 餵食。
[135] 舞屎搦尿：bú sái la̍k jiō, 把屎把尿。
[136] 爾：niâ, 而已。
[137] 性地：sìng-tē, 性情。
[138] 略略--仔：lioh lioh--á, 指程度輕、範圍小。
[139] 受氣：siū-khì, 生氣。
[140] 迌迌：tshit-thô, 遊玩。

叫伊規工[141]佇厝陪伴袂振袂動[142]的老爸，實在都眞煩--矣，閣定定[143]予人惡[144]，免講嘛擋袂牢[145]，就趁 in 阿母出去做工的時，偷走去庄內佮囡仔伴迌迌。

普通時，溪頂人罕得[146]來到溪埔揣這口灶[147]，這工 in 阿母做工轉--來[148]，煞有查某人喝聲[149]，是庄內一戶舊厝邊，來欲問看阿川敢[150]轉--來-矣。彼个人有一个後生佮阿川平歲[151]，攏是國校二年仔。伊講下晡[152]阿川有去 in 兜[153]揣 in 後生耍，二个囡仔佇遐覕相揣[154]，

141 規工：kui-kang, 整天。
142 袂振袂動：bē tín bē tāng, 動彈不得。
143 定定：tiānn-tiānn, 時常。漢字亦用「迭迭」。
144 予人惡：hōo lâng ok, 被人責罵。
145 擋袂牢：tòng-bē-tiâu, 受不了。
146 罕得：hán-tit, 難得。
147 這口灶：tsit kháu tsàu, 這一戶。
148 轉--來：tńg--lâi, 回來。
149 喝聲：huah-siann, 出聲。
150 敢：kám, 探詢口氣的疑問詞。
151 平歲：pênn-huè, 年紀一樣大。
152 下晡：ē poo, 下午。

房間內、房間外、灶跤[155]、牛寮，四界[156]覕、四界藏，阿川走了後，in 翁才發現吊佇房間內一領褲，內面有袋[157]幾百箍[158]，煞減一百箍--去，今仔日[159]干焦阿川入過彼間房，想欲來問伊看有提--去-無。

In 母仔聽一下險仔[160]暈--去，伊做苦工拖命，閣 kânn[161]一个半遂的翁婿，所有的向望[162]就是下[163]佇這个後生身--上，望伊日後有出脫[164]，哪知猶 tsiah[165]細漢就會做賊。這時，阿

---

153 兜：tau, 家。
154 覕相揣：bih-sio-tshuē, 躲貓貓、捉迷藏。
155 灶跤：tsàu-kha, 廚房。
156 四界：sì-kuè, 到處。原漢字應爲「世界」，讀白話音。
157 袋：tē, 把東西裝到袋子裡頭。
158 箍：khoo, 元。錢幣單位。
159 今仔日：kin-á-jit, 今天。
160 險仔：hiám-á, 差一點、險些。
161 kânn：挾帶。
162 向望：ǹg-bāng, 盼望。
163 下：hē, 放。
164 有出脫：ū tshut-thuat, 有出息。
165 tsiah：這麼。

川拄好轉--來，未曾開喙[166]就予阿母嚷[167]，罵伊不受教，厝--裡老爸毋顧，抛抛走[168]，閣較手賤[169]，按呢的囡仔哪有啥向望？枉費伊做甲無星無月[170]，這聲全了然[171]--矣！

阿川共 in 阿母承認不應該放老爸倒佇眠床[172]頂，家己走去揣同學迌迌，毋過若欲賴伊做賊，確實有影[173]冤枉，伊無就是無，白白布袂當欲共人染甲烏。阿母講若有做，一定愛認錯，毋通[174]硬諍[175]無，人拄才[176]來講甲眞清楚，規工干焦你入去過彼間房爾，錢也無生跤[177]，家

166 未曾開喙：buē tsīng khui-tshuì, 還沒開口。
167 嚷：jióng, 大聲怒斥。
168 抛抛走：pha-pha-tsáu, 到處亂跑。
169 手賤：tshiú-tsiān, 頑皮、玩弄、偷東西。
170 無星無月：bô tshinn bô gue̍h, 不分晝夜。
171 了然：liáu-jiân, 白費了。
172 眠床：bîn-tshn̂g, 床舖。
173 有影：ū-iánn, 確實。
174 毋通：m̄-thang, 不可以。
175 硬諍：ngī-tsìnn, 強辯。
176 拄才：tú-tsiah, 剛才。
177 生跤：sinn-kha, 長出腳。

己敢會行路！阿川講彼个同學嘛有入去房間，閣凡勢[178]是同學 in 老爸家己錢記了 tîng-tânn[179]--去。

了後，溪頂庄就風聲 pok 影[180]，講這款婚姻的結果是偌悲慘，連生的囡仔都會做賊。In 阿母當然相信阿川是予人枉屈[181]--的，毋過一喙講輸九舌，人就是認定阿川共人偷提錢，這是真臭名的代誌。In 母仔愈感覺運命對伊實在無公平，伊一世人無做啥物卸世代[182]，干焦生一雙大跤 pôo 爾，結婚了無一項順序[183]，這定著[184]有原因，嘛愛想辦法解這款惡運。

---

178 凡勢：huān-sè, 也許。

179 tîng-tânn：弄錯了。

180 風聲 pok 影：hong-siann pok-iánn , 也有說「風聲 pòng 影」。

181 枉屈：óng-khut, 遭受污衊或迫害。

182 卸世代：sià sì tāi, 也說「卸世卸眾 (sià-sì sià-tsìng)」, 對世人、眾人丟臉。

183 順序：sūn-sī, 形容事情能夠按照程序進行而沒有阻礙。

184 定著：tiānn-tio̍h, 肯定。

拄好庄--裡來一个師父[185]，講專門咧共人改運崁[186]運，母仔緊去請--來。師父講：

「運是天註定--的，若解會開，就是逆天。我無咧共人改運，毋過會使崁運，共歹運暫時崁--起-來。」

阿母眞歡喜，佳哉[187]拄著[188]gâu 人[189]，問師父崁一 kái[190]運，著收偌濟錢[191]。師父講伊毋是靠這生活，是義務做善事，無收錢，若家己欲意思意思添一个油香，彼隨在[192]--人。當場阿母就請伊替規家人攏崁運。師父講一 kái 才會使崁一个，掀[193]一領欲崁的人穿--過的衫仔

---

185 師父：sai-hū，是傳薪之師，「su-hù」是對出家人的尊稱。
186 崁：khàm，蓋住。
187 佳哉：ka-tsài，慶幸。
188 拄著；tú-tio̍h，遇到。
189 gâu 人：gâu-lâng，能力高強的人。
190 一 kái：tsi̍t-kái，一次。
191 偌濟錢：juā-tsē tsînn，多少錢。
192 隨在：suî-tsāi，隨便。
193 掀：hiannh，拿取衣物的動作。

褲，和金仔囥[194]做夥，用法器崁牢[195]--leh，經過七七四十九工[196]了後，惡運自然就崁掉，了後才閣換崁另外一个，代誌袂使急。閣解說講：

「眞金毋驚火，用金仔佇法器內底煉，按呢，才折節會牢[197]，若別項物，檢采會予法火鎔--去，惡運就崁袂牢。」

阿母講 in 翁仔某運途攏無好，毋過這陣[198]一个是干焦會當倒佇眠床頂，伊家己是做工趁錢[199]，無暝無日，猶是序細[200]較要緊，阿川遐細漢[201]就予人誣賴做賊，運有夠 bái，愛先崁，當場就提一領阿川的衫和伊藏幾年的金條，

[194] 囥：khǹg, 放置。
[195] 崁牢：khàm tiâu, 蓋住。
[196] 工：kang, 天。
[197] 折節會牢：tsih-tsat ē tiâu, 支撐得住。
[198] 這陣：tsit-tsūn, 這時候。
[199] 趁錢：thàn-tsînn, 賺錢。
[200] 序細：sī-sè, 後生晚輩。
[201] 細漢：sè-hàn, 小時候。

园佇師父的法器下跤[202]，師父閣念咒，用符仔貼絚絚[203]，講四十九工後才來收法器，換崁別人。

彼个師父當然就無閣佇庄--裡出現，金仔嘛予伊用手法蛻[204]--去，彼法器根本就是鉛鉼[205]做--的。

這款欺騙的手法，佇這時的社會大概袂通，毋過欲四十年前的彼个時代，人佮人的關係猶閣眞互相信賴，才會發生這款代[206]。阿川講 in 阿母自金條予人諞[207]--去，哭幾若工[208]了後，講著愛閣較骨力[209]做工，無論環境偌 **bái**，伊攏欲晟囝讀冊，無金條嘛會使閣儉[210]、

[202] 下跤：ē-kha, 下面。
[203] 貼絚絚：tah ân-ân, 貼得很緊。
[204] 蛻：thuè, 巧奪。
[205] 鉛鉼：iân-phiánn, 亞鉛片。
[206] 這款代：tsit-khuán tāi, 這種事情。
[207] 諞：pián, 惡意騙人財物。
[208] 幾若工：kuí-nā-kang, 好幾天。
[209] 骨力：kut-la̍t, 努力。
[210] 儉 : khiām, 節儉。

閣趁，當然閣來就無閣四界揣人欲改運消災--矣。

阿川做結論講，in 兜的運確實改--矣，彼个代誌對伊一生影響眞大，看阿母按呢傷心，閣遐信任--伊，伊決志講這世人絕對袂閣偷提人的錢--矣。

大崙[1]的阿太[2]佮[3]砂鱉[4]

我是都市的遊民，佇[5]巢窟[6]人工的燈火下，覆[7]佇 P.C.[8]的頭前[9]，一音一字寫作，頭殼[10]內定定[11]有故鄉的形影，欲入阮[12]庄的彼

---

1 大崙：tuā-lūn, 平原的小丘陵稱「崙」。
2 阿太：a-thài, 祖父母之父母稱「阿祖」，阿祖的父母稱「阿太」。
3 佮：kap, 和。
4 砂鱉：sua-pih, 砂地裏的小爬蟲。
5 佇：tī, 在。
6 巢窟：tsâu-khut, 土匪、起義分子聚集之地；作者過去與人經營之咖啡店名。
7 覆：phak, 趴，伏。
8 PC：個人筆電。
9 頭前：thâu-tsîng, 前面。
10 頭殼：thâu-khak, 腦袋。此處指頭腦。
11 定定：tiānn-tiānn, 經常。

粒[13]大崙，佇我的記智[14]內是遐爾[15]神祕。

我的故鄉是一遍平洋[16]，無懸[17]山佮樹林，干焦[18]佇欲入庄的所在有一粒[19]山崙仔，uì[20]落員林客運[21]的橋仔頭原斗街仔向[22]南，閣行[23]十五分鐘久，就看會著彼粒崙，阮竹圍仔庄人稱呼做「大崙」。這粒崙是佇竹圍仔欲去橋仔頭的中途，規[24]粒崙占無一甲地[25]，懸度[26]嘛[27]差不多五百公分，三人懸的款[28]，佇這塊平

12 阮：guán, 我們的。
13 彼粒：hih liap, 那一座。
14 記智：kì-tî, 記憶，也寫做「記持」。
15 遐爾：hiah-nih, 那麼。
16 平洋：pênn-iûnn, 平原。
17 懸：kuân, 高。
18 干焦：kan-tann, 只有、只是。漢字也寫做「僅徒」。
19 一粒：tsi̍t-lia̍p, 一座。
20 uì：從。漢字寫做「位」。
21 員林客運：uân-lîm kheh-ūn, 彰化縣的地方公車。
22 向：ǹg, 面向。
23 閣行：koh kiânn, 又走。
24 規：kui, 整個。
25 一甲地：tsi̍t kah tē, 0.97公頃。
26 懸度：kuân-tōo, 高度。

洋算是較顯目[29]的地標。

作穡人[30]蓋[31]儉物[32]，有路用[33]的土地定著[34]毋甘放伊拋荒[35]，本底[36]的田岸[37]，人會當[38]擔秧仔闊用走[39]--的，這馬[40]狹甲[41]連空手行路都驚會跋落[42]去田底；田岸雙爿[43]的人，攏[44]想欲

---

27 嘛：mah, 也。
28 款：khuán, 樣子。
29 顯目：hiánn-ba̍k, 醒目。
30 作穡人：tsoh-sit lâng, 種田的人。
31 蓋：kài, 非常。
32 儉物：khiām-mi̍h, 惜物。
33 路用：lōo-iōng, 用處。
34 定著：tiānn-tio̍h, 肯定。
35 拋荒：pha-hng, 荒蕪。
36 本底：pún-té, 本來。
37 田岸：tshân-huānn, 田埂。
38 會當：ē-tàng, 可以。
39 走：tsáu, 跑步。
40 這馬：tsit-má, 現在。
41 狹甲：e̍h kah, 窄到。
42 跋落：pua̍h-lo̍h, 跌倒。
43 雙爿：siang-pîng, 兩邊。
44 攏：lóng, 都。

加[45]犁一 bôo[46]稻仔地出--來。古早話講「相讓有偆[47]，相搶無份」，uì 田岸仔的狹、闊變遷就通[48]知影[49]。親像這款個性的庄跤人[50]，哪會放這粒崙仔佇遐[51]閒[52]？

這附近的田園算台灣出名的粟倉[53]，一甲當[54]攏十外割[55]，塗質[56]真肥，佇中央哪會有這粒砂仔質的崙仔？地質學上檢采[57]有較合理的解說，崙仔頂干焦林投[58]佮菅蓁[59]，閣有寡[60]

---

45 加：ka, 多。
46 bôo：植物的根部結在一起的量詞。漢字寫做「模」。
47 偆：tshun, 剩下。
48 通：thang, 可以。
49 知影：tsai-iánn, 知道。
50 庄跤人：tsng-kha lâng, 鄉下人。
51 遐：hia, 那邊。
52 閒：îng, 閒置。
53 粟倉：tshik-tshng, 穀倉。
54 一甲當：tsit kah-tong, 一甲土地値，近三千坪。
55 十外割：tsa̍p guā kuah, 一割約一千斤。
56 塗質：thóo-tsit, 土質。
57 檢采：kiám-tshái, 也許、如果。是台灣的謙虛詞。
58 林投：nâ-tâu, 野生矮叢樹。
59 菅蓁：kuann-tsin, 芒草。

韌命的雜草，偆--的就生袂[61]出--來。若毋是按呢[62]，我相信經過這幾千百年來，崙仔早就予[63]作穡人犁做平地去播田[64]--矣。講是按呢，崙仔邊猶是有一塊略仔[65]較平--的，予人提去做種塗豆[66]的利用。

做囡仔[67]時代，我感覺崙仔眞懸，逐年[68]的清明，阮規家伙仔[69]攏會去培墓[70]，我有時仔[71]會 tìnn[72]peh 袂起--得[73]，司奶[74]愛隔壁的阿

60 寡：kuá , 一些。
61 袂：bē, 不能。
62 按呢：án-ne, 這樣子。
63 予：hōo, 給予。
64 播田：pòo-tshân, 種稻米。
65 略仔：lio̍h-á , 稍微有些。
66 塗豆：thôo-tāu, 落花生。
67 囡仔：gín-á, 孩童。
68 逐年：ta̍k-nî, 每一年。
69 規家伙仔：kui ke-hué-á, 全家。
70 培墓：puē-bōng, 修整墓地。
71 有時仔：ū sî á, 有時候。
72 tìnn：假裝。漢字寫做「佯」。
73 peh 袂起--得：peh bē khí--tih, 爬不上去。peh, 漢字寫做「跖」。

姊仔共[75]我偝[76]，覆佇尻脊骿[77]鼻[78]查某囡仔[79]特別的頭鬃[80]味，變做我逐年去培墓的意愛。

阮的祖墓毋是佇大崙，是佇向南的另外一塊塚仔埔[81]，這塊才是阮庄--裡的公有墓地。大崙是蹛[82]街--裡長老教會信徒的祖墓，in[83]的墓起造了較媠[84]，有較藝術的造型，無較輸崙頂一座公園，比--起-來，阮庄非信徒的墓較陰，驚人驚人[85]。阮阿太，我講--的是查某[86]

---

74 司奶：sai-nai, 撒嬌。

75 共：kā, 將。

76 偝：āinn, 背。專指背人。

77 尻脊骿：kha-tsiah-phiann, 背脊。

78 鼻：phīnn, 聞。

79 查某囡仔：tsa-bóo gín-á, 女孩子。

80 頭鬃：thâu-tsang, 頭髮。

81 塚仔埔：thióng-á poo, 亂葬的墓地。

82 蹛：tuà, 住。

83 in：他們。漢字用「怹、個」。

84 媠：suí, 美。

85 驚人驚人：kiann-lâng kiann-lâng, 有些令人害怕；有點骯髒。

86 查某：tsa-bóo, 女性。

祖太，嫁過二个翁[87]，頭一个姓林，彼个時代是平埔漢化的尾期，查某猶是真缺，阮阿太是真㽎跤[88]的查某，有傳統平埔女性的 ngī-tsiānn[89]，姓林--的過身[90]未滿忌[91]，就閣嫁阮查埔[92]祖太。爲著按呢，阮阿太過身，毋知欲佮 siáng[93]埋做夥[94]，煞[95]變做二姓冤家量債[96]的事端。尾--仔，規氣[97]共阿太埋佇大崙，二个翁婿攏規百年孤單睏佇陰溼的塚仔埔，阮培墓嘛煞著培二位所在。我常在[98]咧想，阮阿太嫁

---

87 翁：ang, 丈夫。
88 㽎跤：khiàng-kha, 指女人太過能幹。
89 ngī-tsiānn：內外都很堅毅。
90 過身：kuè-sin, 死亡。
91 忌：kī, 死後週年。
92 查埔：tsa-poo, 男性。
93 siáng：誰，啥人。
94 做夥：tsò-hué, 在一起。
95 煞：suah, 竟然。
96 冤家量債：uan-ke niû tsè, 吵個不休。
97 規氣：kui-khì, 乾脆。
98 常在：tshiâng-tsāi, 經常性的。

二个翁，到死煞無一个會當守[99]佇身邊，台灣話講「濟囝餓死爸[100]」，敢會使[101]講「濟翁孤khut[102]地」？孤 khut 拄好[103]有二个意思，孤埋一窟佮孤單攏會使。

佇我抛荒的囡仔時代，錢是上懸的價值，萬項攏講錢，掠鳥鼠剁尾溜[104]去交也有錢；抾[105]粟仔[106]、抾番藷換錢；歹銅舊錫攏通換錢、換麥芽膏。我讀二年仔的時，聽講有一種砂鼈，滴滴隻仔囝[107]爾[108]，一隻喊[109]講有人

99 守：tsiú, 陪伴，把持，看管。

100 濟囝餓死爸：tsē kiánn gō sí pē, 兒子多，反而餓死老爸。

101 會使：ē-sái, 可以。

102 孤 khu̍t：本意是孤苦無依或個性孤僻。漢字亦用「孤倔」。

103 拄好：tú-hó, 剛好、湊巧。

104 掠鳥鼠剁尾溜：掠，lia̍h, 抓。niáu-tshú, 老鼠。當時傳有鼠疫，正在推動滅鼠運動。

105 抾：khioh, 拾取、撿取。

106 粟仔：tshik-á, 稻穀。

107 滴滴隻仔囝：tih-tih tsiah-á kiánn, 很小隻。

108 爾：niâ, 而已。

收五角銀[110]。這種鼈藏佇砂仔內，免用器具，空手就掠會著[111]，閣喊講有同學一下晡[112]就掠十外隻[113]，賣欲成[114]十箍[115]。彼時[116]的工價，阮阿爸去共人挲草[117]，一晡才六箍爾。阮彼箍圍仔[118]干焦大崙有砂，彼个同學的確是去大崙掠[119]--的。

彼工[120]放學的時，添原仔佮清祥招[121]我去大崙掠砂鼈；添原 in 兜[122]是長老教會落教[123]--

109 喊：hán, 謠傳。
110 五角銀：gōo kak gîn, 五毛錢。
111 掠會著：lia̍h ē tio̍h, 抓得到。
112 一下晡：tsi̍t ē-poo, 一個下午。
113 十外隻：tsa̍p guā tsiah, 十多隻。
114 成：tsiânn, 將近。
115 十箍：tsa̍p khoo, 十塊錢。
116 彼時：hit-sî, 那時候。
117 挲草：so-tsháu, 拔除秧邊的雜草，將之塞入土裡。
118 彼箍圍仔：那附近範圍內。
119 掠：lia̍h, 抓、捕。
120 彼工：hit-kang, 那天。
121 招：tsio, 邀約。
122 in 兜：in tau, 他家。
123 落教：lo̍h-kàu, 受洗爲基督徒。

的，清祥 in 兜佇街--裡開一間漢藥房，是我國民學校的讀冊件[124]。清祥講鼈是漢藥眞補的物件[125]，砂鼈大概也是人買欲去食補--的。添原講 in 的祖墓邊捌[126]看過有砂鼈，阮若一人掠--幾-隻-仔，就會當合稅[127]規部[128]的尪仔冊[129]『地球先鋒號』[130]，逐个 ânn-kap[131]看。

阮去 kám 仔店[132]討一个按算[133]欲貯[134]鼈的漚銅管仔[135]，講是討，實在是趁頭家[136]無注

124 讀冊件：thȧk-tsheh phuānn, 同學。
125 物件：mi̍h-kiānn, 東西。
126 捌：bat, 曾經。
127 合稅：ha̍p suè, 合租。
128 規部：kui-pōo, 整套。
129 尪仔冊：ang-á tsheh, 童書，此處指漫畫。
130 地球先鋒號：當時發行的連環漫畫書。
131 ânn-kap：互相。
132 kám 仔店：kám-á tiàm, 雜貨店，販賣日常零星用品的店鋪。漢字亦用「簕仔店」。
133 按算：àn-sǹg, 打算。
134 貯：té, 裝、盛。
135 漚銅管仔：àu tâng-kóng-á, 破舊的金屬罐。
136 頭家：thâu-ke, 老闆。

意，家己[137]提[138]--的。出發的時，欲熱--人[139]日頭較長，四、五點仔，日頭猶眞猛[140]，到水 tshiāng[141]邊，阮有橋毋行，刁工[142] peh[143]過水 tshiāng 枋，我本底就無啥膽，枋仔狹狹，毋敢行，用爬--的，愈爬愈驚。添原閣一直共我嚇[144]講「跋--落-矣[145]」，我著驚[146]，誠實[147]跋落溝仔底，佳哉[148]溝仔水眞清，無 la-sâm[149]的物，干焦衫仔褲澹--去[150]爾。清祥講我驚掠

137 家己：ka-tī, 自己。
138 提：theh, 拿。
139 欲熱--人：欲 juah--lâng, 快到熱天。
140 猛：mé, 陽光炙熱。
141 水 tshiāng：水閘門；另「水 tshiâng」，是瀑布。
142 刁工：thiau-kang, 故意的。
143 peh：爬，以腳往上行走。漢字用「跖」。
144 嚇：hánn, 驚嚇他人。
145 跋--落-矣：puah--loh-á, 跌下去了。
146 著驚：tioh-kiann, 受驚嚇。
147 誠實：tsiânn-sit, 果然眞的。
148 佳哉：ka-tsài, 慶幸。
149 la-sâm 的物：la-sâm 的 mih, 死狗死貓等不潔之物。
150 澹--去：tâm--去, 濕掉了。

無砂鼈，先去掠水鼈，毋知有掠著幾隻？添原煞講我澹漉漉[151]，就若像拄[152] uì 水底 bùn--出-來[153]的水鼈。

行無十分鐘，風咧吹，日頭閣咧曝[154]，隨就焦--去[155]矣，愈行煞愈感覺涼涼。清祥講欲翻頭[156]轉去[157]水底浸--一-下[158]；添原仔煞咧共我討功勞，若毋是伊嚇--我，我哪會有通遐[159]涼。

路邊的稻仔拄咧 bāng 花[160]，了後[161]就等欲大腹肚[162]結膭[163]。有時仔會有竹雞仔[164]佇田

151 澹漉漉：tâm-lok-lok, 很濕。
152 拄：tú, 剛剛。
153 bùn--出來：鑽出來。
154 曝：phak, 曝曬。
155 焦--去：ta--khì, 已經乾了。
156 翻頭：huan-thâu, 轉身。
157 轉--去：tńg--khì, 回去。
158 浸--一-下：tsìm--tsit-ē, 浸水一下子。
159 遐：hiah, 那麼地。
160 bāng 花：bāng-hue, 稻子開出白色的花。
161 了後：liáu-āu, 之後。
162 大腹肚：tuā pak-tóo, 肚子大了。「肚」應爲「堵」。

--裡走跳，鶴鶉仔也會來生卵，khoo-tuann[165]的聲沉沉。阮本底有想欲落去掠，清祥講猶是趁日--時[166]去掠砂鼈，莫[167]予別項物唌[168]--去。

砂崙仔頂恬 tsih-tsih[169]，林投籽[170]眞成王梨[171]，精差[172]較重較大粒。添原 in 的祖墓眞大門[173]，頂頭[174]有一寡[175]奇怪的豆菜芽仔字[176]，無親像[177]阮庄--裡的墓寫「穎川」「西河」彼

---

163 結膭：kiat-kuī, 稻子結穗。膭,「懷」之意。

164 竹雞仔：tik-ke-á, 鳥類。雉科。臺灣特有種鳥類，雌雄同型，體型圓胖，尾極短。

165 khoo-tuann：雞、鳥類要生蛋時的叫聲。

166 日--時：jit--sî, 白天。

167 莫：mài, 勿。

168 唌：siânn, 引誘。

169 恬 tsih-tsih：tiām tsih-tsih, 靜悄悄。

170 籽：tsí, 種子，此處指不能食用之果實。

171 王梨：ông-lâi, 鳳梨。

172 精差：tsing-tsha, 相差。二者之間的差異。

173 大門：tuā mn̂g, 規模較大。

174 頂頭：tíng-thâu, 上面。

175 一寡：tsit kuá, 一些。

176 豆菜芽仔字：tāu-tshài-gê á jī, 指 A、B、C 等羅馬字母。

177 無親像：bô tshin-tshiūnn, 不像。

款字。墓邊眞正有一遍砂仔地，這時猶燒燙燙[178]，阮褪赤跤[179]，若粟鳥仔[180]那行那趒[181]，欲若[182]有法度[183]揣[184]砂鼈？清祥建議講先等--一-下，砂較冷才掠。菅蓁仔內有幾欉蘆竹，阮取幾節來做 phín 仔[185]，冊揹仔[186]內有削鉛筆的番刀仔，用來挖孔[187]拄好[188]。添原 in 兜隔壁有基督徒兼整[189]西樂隊，專門送人出山[190]用--的，伊也就會曉寡音律，教阮歕[191]出山的送死

---

178 燒燙燙：sio thǹg thǹg, 很燙。
179 褪赤跤：thǹg tshiah-kha, 打赤腳。
180 粟鳥仔：tshik tsiáu-á, 麻雀，又稱「厝角鳥仔」。
181 趒：tiô, 彈跳、抖動。
182 欲若：beh nā, 如果。
183 法度：huat-tōo, 辦法。
184 揣：tshuē, 尋找。
185 phín 仔：笛子。
186 冊揹仔：tsheh phāinn-á, 書包。揹，phāinn, 背。
187 挖孔：óo khang, 挖洞。
188 拄好：tú hó, 剛好。
189 整：tsíng, 籌組。
190 出山：tshut-suann, 出殯。
191 歕：pûn, 吹。

人歌，佇欲暗仔[192]時的墓仔埔歎這款歌，算也有合時合所在。

崙頂的砂仔地有幾若位[193]，阮起頭是仝位[194]揣砂鼈，眞久攏無看著甲一隻，尾--仔阮分開，一人一位，我眞自然就揀[195]較熟似[196]的路草[197]，行對阿太的墓壙[198]彼爿去。天色轉暗，紅霞[199]勼甲[200]偆一絲仔，敢若天邊予人抓破皮，血水一眉仔囝[201]爾，閣一時仔[202]就攏暗--矣。夜霧罩--落-來，墓壙一崙一崙，若有若無。添原檢采掠無砂鼈起 phàn[203]，規氣佇彼爿

192 欲暗仔：beh àm-á, 近黃昏時。
193 幾若位：kuí nā uī, 好幾處。
194 仝位：kāng uī, 同個位置。
195 揀：kíng , 選擇。
196 熟似：sik-sāi, 熟悉。
197 路草：lōo-tsháu, 路況。此處指路徑。
198 墓壙：bōng-khòng, 墓廓。
199 紅霞：âng-hê, 晚霞。
200 勼甲：kiu-kah, 縮到。
201 一眉仔囝：tsit bâi á kiánn, 一斜長小塊。
202 一時仔：tsit sî á, 一下子。
203 起 phàn：翻臉。漢字亦用「起叛」。

歕蘆竹 phín 仔，仝款[204]是送出山的哀歌，袂輸[205]欲共睏幾百十年攏袂醒的死人叫起床。

我 kài 成[206]有看著一隻砂鱉趖[207]入去砂仔內，就綴[208]痕跡揣--過去，看無啥有，用感覺去摸，那爬那摸，我爬到一門墓壙邊，就揣無砂鱉的痕跡。這時，暗霧的墓壙頂，敢若有人影出現，是一个老查某人，纏頭巾，哺[209]檳榔，手--裡有一支長長的竹薰炊[210]。伊用溫柔的聲嗽[211]講：

「阿舍，砂鱉覕[212]佇插青[213]的矸仔[214]

---

204 仝款：kâng-khuán, 同樣。
205 袂輸：bē-su, 就如同。
206 kài 成：kài sîng, 好像。
207 趖：sô, 蛇類、蟲類爬行的動作。
208 綴：tuè , 跟隨。
209 哺：pōo, 咀嚼。
210 薰炊 : hun-tshue, 菸管。
211 聲嗽：siann-sàu, 口氣。
212 覕：bih, 躲藏。
213 插青：tshah tshinn, 將綠色植物插在瓶裡，平埔族祭祖風俗。
214 矸仔：kan-á, 平埔族祭祀用的壺或瓶。

邊。」

佇阮遐，有眞濟墓是漢人佮平埔綜合式--的，有漢字的堂號，墓邊閣有予拜祖的人插青，親像竹枝、蔗尾、樹椏[215]這款的矸仔。我袂赴想就去矸仔下摸，眞正揜[216]著一隻砂鼈。我雄雄[217]想著彼个查某人毋知是 siáng，哪會知影遐有砂鼈？哪會知影我的小名「阿舍」？我是大孫，出世就予阿公當做金孫，叫我「阿舍」，就是「公子、少爺」的意思，這个名，干焦阮兜的人按呢叫爾。

清祥佮添原攏無掠著砂鼈，干焦我掠一隻。清祥講才一隻，賣無幾角，先飼--咧，若 in 閣掠有，才做夥去賣。阮爲欲趕轉去食暗[218]，就三人分二路，我家己捾[219]彼个貯一隻

---

215 樹椏：tshiū-ue，樹的枝椏。
216 揜：jîm，掏。
217 雄雄：hiông-hiông，突然間。
218 食暗：tsia̍h-àm，吃晚餐。
219 捾：kuānn，提。

砂鱉的銅管仔轉厝[220]。

彼暗，阮 i--á 用掃梳錦仔[221]共我捽[222]，講我放學無隨 tò 厝[223]，也無先講--一-聲。I--á 是阮遐叫「阿母」的稱呼，聽講是平埔語，我嘛毋知一个確實。罰我餓一頓袂使食。到半暝，我睏攏袂落眠，毋知是腹肚枵[224]，抑是予人拍，哭了過頭。眠眠那睏那醒，攏會想著彼个纏頭巾，pok[225]薰，食檳榔的老查某，用紅紅的喙脣[226]咧共我笑，笑我食甲遐大漢，閣予 a-i[227]拍。

我反來反去[228]，i--á 伸手來共我摸頭殼額[229]，才知我咧發燒，緊起來提藥包仔予我

---

220 轉厝：tńg-tshù, 回家。
221 掃梳錦仔：sàu-se gím-á, 細竹絲。
222 捽：sut, 抽打。
223 tò 厝：tò-tshù, 回家。
224 腹肚枵：pak-tóo iau, 肚子餓。
225 pok：吸菸、抽菸的動作。
226 喙脣：tshuì-tûn, 嘴唇。
227 a-i、i--á：平埔族稱呼母親。
228 反來反去：píng-lâi píng-khì, 翻來覆去。

食。阿公嘛精神[230]，毋甘--我，罵阮 i--á 拍--我，伊的金孫阿舍哪會使拍！阮 a-i 予人罵甲哭，我煞眞毋甘。

我燒幾若工攏袂退，阿爸去學校請假。叫赤跤先仔[231]揹藥箱仔來注射[232]嘛袂退。尾--仔請尪姨[233]「缺(Khueh)仔」來共我收驚[234]，用碗貯米貯尖尖，包咧布內，用香佇尖圓的布面那念咒那回，了後布敨[235]開，看米面的圖樣解說。缺仔講祖靈咧顯，有話欲交代，問我有搪著[236]啥物[237]生份人[238]--無？我共佇大崙掠砂鱉的代誌講--出-來，講搪著老查某的代誌[239]。阿

---

229 頭殼額：thâu-khak hia̍h, 額頭。
230 精神：tsing-sîn, 睡醒。
231 赤跤先仔：tshiah-kha sian-á, 無執照的醫生。
232 注射：tsù-siā, 打針。
233 尪姨：ang-î, 平埔的女巫。
234 收驚：siu-kiann, 人受驚嚇後，請道士或尪姨作法，將靈魂收回來。
235 敨：tháu, 打開、解開。
236 搪著：tn̂g-tio̍h, 遇到。
237 啥物：siánn-mi̍h, 什麼。
238 生份人：tshinn-hūn lâng, 陌生人。

公講彼个是伊的阿媽，也就是我的阿太，伊在生咧扞手頭[240]，是阮兜的頭人[241]，伊眞興[242]pok薰、哺檳榔。缺仔講按呢就著--矣，阿太講伊眞孤單，在生嫁過二个翁，死了後煞無一个佮伊睏做夥，透過我這个大乾仔乾孫[243]欲討翁；是毋是愛徙墓抾骨[244]？

阮家庭會議講欲抾奉金甕仔[245]，佮林--家彼爿[246]講和，二个查埔祖太的骨頭佮阮查某祖太抾做夥，埋埋做一甕，化解二姓幾代的恩怨，阮阿太百年了後，也得著二个翁婿的諒解，伫奉金甕內唱「雙人枕頭」。

---

239 代誌：tāi-tsì, 事情。
240 扞手頭：huānn tshiú-thâu, 主持、掌管經濟狀況。
241 頭人：thâu-lâng, 領袖。
242 興：hìng, 喜歡。
243 乾仔乾孫：孫子的孫子。乾，kan。
244 徙墓抾骨：suá-bōng khioh-kut, 將骨頭拾集，埋在他處。
245 奉金甕仔：hông-kim àng-á, 放置骨灰的甕。「奉金」漢字寫法，易誤為「黃金」、「皇金」。
246 彼爿：hit-pîng, 那一邊。

我好--去了後，閣去學校，清祥佮添原講彼工轉去厝嘛攏有食著筍仔炒肉絲[247]，毋敢閣講欲去掠砂鼈，嘛無愛共我講是 siáng 咧收買砂鼈。

我彼隻砂鼈飼幾工了後，佇一个有紅霞的欲暗仔時，我專工[248]掠去大崙放生。

[247] 筍子炒肉絲：比喻用竹枝打小孩。
[248] 專工：tsuan-kang，特意做某事。

指甲花

趁歇[1]春假，佮[2]學生 Tîm-bî[3]去伊的故鄉茄萣仔[4]迌迌[5]，遐[6]的人講話有二个特色，頭一項是佮闗廟腔仝款[7]--的，便若[8]有「tsh」的聲母，in[9]攏[10]講做「s」，「七」讀做「sit」，「車」講是「sia」。另外一个特色是慣勢[11]

---

1 歇：hioh, 休息。
2 佮：kap, 和。
3 Tim-bî：人名，前政大台文社女學生林枕薇。
4 茄萣仔：Ka-tiānn-á, 高雄市茄萣區。
5 迌迌：tshit-thô, 遊玩。
6 遐：hia, 那兒。
7 仝款：kāng-khuán, 一樣。
8 便若：piān-nā, 凡若。
9 in：他們。
10 攏：lóng, 都。
11 慣勢：kuàn-sì, 習慣。

佇[12]話尾加一个「tah」，親像[13]講「來坐--tah！」「你欲去佗位[14]--tah？」。我感覺眞心適[15]。毋過[16]這篇毋是欲講這，是我佇遐彼工[17]，Tîm-bî 爲欲上台表演，請一个專門四界[18]咧共[19]人修指甲的查某[20]來 in 兜[21]，我雄雄[22]煞[23]想著阮故鄉的彼蕊指甲花。

庄跤[24]人有一句話講「清氣[25]就媠[26]」，講

---

12 佇：tī, 在。
13 親像：tshin-tshiūnn, 就像。
14 佗位：toh-uī, 哪處。
15 心適：sim-sik, 有趣又心怡的。
16 毋過：m̄-koh, 不過。
17 彼工：hit-kang, 那天。
18 四界：sì-kuè, 到處。原漢字應爲「世界」，讀白話音。
19 共：kā, 幫。
20 查某：tsa-bóo, 女性。
21 兜：tau, 家。
22 雄雄：hiông-hiông, 突然間。
23 煞：suah, 卻。
24 庄跤：tsng-kha, 鄉下。
25 清氣：tshing-khì, 乾淨。
26 媠：suí, 美麗。

--來，這嘛是庄跤作穡人[27]的艱苦，佇青春好年紀的少年時代，袂愛媠--的無濟[28]，總--是袂當[29]穿甲[30]媠噹噹去覆[31]佇田--裡的漉糊糜仔[32]內，佮雜草、濁水、蠓蟲[33]捙拚[34]，媠予[35]白翎鷥看，猶閣講會得過，媠予蟼蜍[36]、蟲 thuā[37]看，有啥意思？一身軀[38]媠媠去到田--裡、園--裡，會當[39]媠偌久[40]？著愛[41]拄著[42]免落田，去

27 作穡人：tsoh-sit lâng, 種田人。
28 無濟：bô tsē, 不多。
29 袂當：bē tàng, 不能。
30 甲：kah, 得。副詞。
31 覆：phak, 趴，伏。
32 漉糊糜仔：lo̍k-kôo-muê-á, 爛泥巴。
33 蠓蟲：báng-thâng, 蚊蟲。
34 捙拚：tshia-piànn, 拚鬥。
35 予：hōo, 給予。
36 蟼蜍：tsiûnn-tsî, 蟾蜍。
37 蟲 thuā：thâng-thuā, 昆蟲之類。
38 身軀：sin-khu, 身體。
39 會當：ē-tàng, 可以。
40 偌久：juā kú, 多久。
41 著愛：tio̍h-ài, 必須得要。
42 拄著；tú-tio̍h, 遇到。

廟--裡燒金[43]、看戲，抑是[44]有代誌[45]去街--裡，才會想欲穿一軀[46]較媠--的。佇這款時代佮社會，美容師這類--的，佇庄跤草地所在[47]，應該僫趁有食[48]。

若講按呢[49]，較早阿 tsiáng[50]是欲按怎[51]過日？阿 tsiáng 毋是阮庄的人，伊的身世我嘛無眞知，知影[52]講便若庄--裡有人欲嫁查某囝[53]，抑是予人相親情[54]、哲訂[55]就會來，伊是專門

---

43 燒金：sio-kim, 燒紙錢。
44 抑是：iah-sī, 或者是。
45 代誌：tāi-tsì, 事情。
46 一軀：tsit su, 一套衣服。
47 草地所在：tsháu-tē sóo-tsāi, 鄉下地方。
48 僫趁有食：oh thàn ū tsiáh, 難賺得足以糊口。
49 按呢：án-ne, 這樣子。漢字亦用「焉爾」。
50 阿 tsiáng：人名，客家女孩，不知漢字爲何。
51 按怎：án-tsuánn, 怎麼樣。
52 知影：tsai-iánn, 知道。
53 查某囝：tsa-bóo-kiánn, 女兒。
54 相親情：siòng tshin-tsiânn, 探看結婚對象。
55 哲訂：teh-tiānn, 訂婚。教育部用字爲「哲定」，應爲「哲訂」。

咧共人修指甲兼挽面[56]--的，彼當陣[57]猶無[58]「美容師」這款詞，干焦[59]叫伊修指甲--的，抑是挽面--的；挽面較少，真濟[60]老一輩的查某人[61]家己[62]就會曉[63]挽面，家私[64]閣[65]簡單，一條線爾[66]。修指甲就愛較專業，鉸[67]指甲、修甲邊 liuh-tshuann[68]的皮仔，共磨予圓閣漆指甲油，uì[69]手到跤攏著[70]，家私頭仔[71] li-li khok-

---

56 挽面：bán-bīn, 用棉線修除臉部細毛。

57 彼當陣：hit-tang-tsūn, 那陣子。

58 猶無：iáu bô, 還沒有。

59 干焦：kan-tann, 只有、只是。

60 真濟：tsin-tsē, 很多。

61 查某人：tsa-bóo-lâng, 女人。

62 家己：ka-tī, 自己。

63 會曉：ē-hiáu, 會。

64 家私：ke-si, 工具。

65 閣：koh, 又。

66 爾：niâ, 而已。

67 鉸：ka, 剪。

68 liuh-tshuann：指甲邊破皮。漢字亦用「溜戳」。

69 uì：從。

70 攏著：lóng tio̍h, 全得需要。

71 家私頭仔：ke-si thâu-á, 工具。

khok[72]，規套[73]齊全。這時的查某囡仔檢采[74]攏家己有攢[75]一套，彼个[76]散赤[77]的年代，罕得[78]有人遐奢華[79]。

阿 tsiáng in 兜大概毋是作穡人，才會去學這手工夫，伊咧共人挽面，聽講袂啥疼[80]，修指甲嘛眞斟酌[81]，通講是「濟人呵咾[82]，無聽過人嫌」。彼時[83]較保守，指甲油敢若[84]才一色紅--的，無親像這陣[85]，花 pa-lih-niau[86]，啥

72 li-li khok-khok：林林總總。
73 規套：kui-thó, 整套。
74 檢采：kiám-tsḥái, 也許、如果、假若。
75 攢：tshuân, 準備。
76 彼个：hit-ê, 那個。
77 散赤：sàn-tsiah, 貧困。也讀「sàn-tshiah」。
78 罕得：hán-tit, 很少。
79 奢華：tshiau-hua。
80 袂啥疼：bē siánn thiànn, 不太會痛。
81 斟酌：tsim-tsiok, 仔細。
82 呵咾：o-ló, 讚美。
83 彼時：hit-sî, 那時候。
84 敢若：kán-ná, 好像。
85 這陣：tsit-tsūn, 這時候。

物[87]色水[88]都有。阮做囡仔的時，定定[89]辦家伙仔[90]耍[91]妝新娘，無紅指甲油，就用做紅龜粿的紅番仔米[92]準[93]指甲油，有當時仔[94]紅番仔米提無著[95]，嘛會去薅[96]一種草仔花的心，漆佇指甲頂，猶原真紅真豔。這種花，阮就講是「指甲花」。阮兜厝宅的四 khoo-liàn-tńg[97] 種一圍燈籃仔，燈籃仔花[98]嘛紅記記[99]，花心有略仔黃[100]，漆佇指甲頂嘛紅閣媠，有時仔阮嘛共燈

86 花 pa-lih-niau：五花雜色。
87 啥物：siánn-mih, 什麼。
88 色水：sik-tsuí, 顏色種類。
89 定定：tiānn-tiānn, 時常。漢字亦用「迭迭」。
90 辦家伙仔：pān ke-hué-á, 扮家家酒。
91 耍：sńg, 玩耍。
92 紅番仔米：âng huan-á bí, 天然無毒的紅色素。
93 準：tsún, 當作。
94 有當時仔：ū tang-sî-á, 有些時候。
95 提無著：thėh bô-tiȯh, 沒拿到。
96 薅：khau, 摘拔植物。
97 四 khoo-liàn-tńg：四周圍。漢字亦用「四圈輪轉」。
98 燈籃仔花：ting-lâng á hue, 燈籠花。
99 紅記記：âng-kì-kì, 很紅。
100 略仔黃：liȯh-á n̂g, 稍微有些黃。

籃仔花叫做「指甲花」。

我五歲抑[101]六歲的時，有一个下晡時頭仔[102]，佇溝仔邊刺竹仔[103]跤，佮一陣[104]囡仔[105]咧迌迌，我共一个扮做新娘的客人查某囡仔漆指甲花，拄好[106]看著阿 tsiáng 對遮[107]過，伊無張無持[108]煞行倚--來[109]，看我擠[110]燈籃仔花心共衫 tòo 紅--去[111]，拍開伊貯[112]家私的鉛鉼盒仔[113]，提出一罐真正的指甲油，叫我共手伸--出-來，講我的手真幼秀[114]，若漆指甲油落--

---

[101] 抑：iah, 還是。
[102] 下晡時頭仔：ē-poo sî thâu á, 剛過中午時刻。
[103] 刺竹仔：tshì-tik á, 台灣原生竹，竹刺多。
[104] 一陣：tsi̍t-tīn, 一群。
[105] 囡仔：gín-á, 孩童。
[106] 拄好：tú-hó, 剛剛好。
[107] 遮：tsia, 這兒。
[108] 無張無持：bô tiunn bô tî, 毫無預警地。
[109] 行倚--來：kiânn uá--lâi, 向這邊走來。
[110] 擠：tsik, 擠出。
[111] tòo 紅--去：染紅了。
[112] 貯：té, 放置東西。
[113] 鉛鉼盒仔：iân-phiánn a̍p-á, 薄亞鉛片的盒子。

去，定著[115]比查某囡仔手較媠。我驚人笑，毋予伊漆。伊講我的手眞正是藝術家的手，後擺[116]大漢[117]會有眞濟查某囡仔愛牽我的手。當時，我實在毋知「藝術家」是啥物物件[118]，我的志願是欲做搬布袋戲的頭手師傅[119]，自囡仔時，我就眞愛講古予囡仔伴聽，若做布袋戲，會使[120]講予較濟人聽。

庄頭[121]無到一百戶，大細項[122]代誌逐个[123]攏知，逐年[124]攏一半戶仔有查某囝做--人[125]，抑是嫁--人，就會看著阿 tsiáng 來，彼陣[126]無

---

114 幼秀：iù-siù, 秀氣。
115 定著：tiānn-tio̍h, 肯定。
116 後擺：āu-pái, 以後。
117 大漢：tuā-hàn, 成爲大人。
118 物件：mi̍h-kiānn, 東西。
119 頭手師傅：thâu-tshiú sai-hū, 布袋戲主演者。
120 會使：ē-sái, 可以。
121 庄頭：tsng-thâu, 村落。
122 大細項：tuā sè hāng, 大小項。
123 逐个：ta̍k-ê, 每個人。
124 逐年：ta̍k-nî, 每一年。
125 做--人：tsò--lâng, 許配給人家。

電話，嘛毋知是按怎去通知--伊-的。伊騎一台二十六吋的查某 phānn 車[127]，照這時的講法應該是「淑女車」，穿狹裙[128]、踏鐵馬[129]，姿勢眞好看，庄內煞著[130]伊的少年家仔，聽講 uan-na [131]有--幾-个-仔，人講「媠 bái 偲比止[132]」，這先莫[133]講，佇庄跤親像阿 tsiáng 逐工[134]穿媠媠，閣免落田[135]作穡曝甲烏閣皮膚粗--的，就無地取[136]--矣。總--是，附近幾个庄頭，無一个少年家予伊看會上目[137]--的，毋是

126 彼陣：hit-tsūn, 那時候。

127 phānn 車：很炫的車，此指腳踏車。phānn，很光鮮亮麗。

128 狹裙：e̍h kûn, 窄裙。

129 鐵馬：thih-bé, 跤踏車。

130 煞：sannh, 被迷到。

131 uan-na：猶原。

132 媠 bái 偲比止：suí bái oh pí-tsí, 美醜難以比較。

133 莫：mài, 勿。

134 逐工：ta̍k-kang, 每天。

135 落田：lo̍h-tshân, 下田。

136 無地取：bô tè tshú, 很難獲取。

137 看會上目：khuànn ē tsiūnn ba̍k, 看得上眼。

講伊偌苛頭[138]，看庄跤人無目地[139]，伊實在是驚嫁予作田人[140]。

阮厝後有一个少年家，名叫做「勇仔」，伊的名號了[141]有合，人是生做躼跤有範[142]，生張閣將才[143]，佇少年輩--的內底[144]，人品是一粒一[145]--的，in 阿姊寶猜仔欲嫁去蘆竹塘[146]的時，有倩[147]阿 tsiáng 來修指甲。了後[148]，勇仔就去煞著頂八卦[149]，央[150]媒人婆仔[151]去講幾若

---

138 苛頭：khô-thâu, 冷漠、苛刻。
139 看無目地：khuànn bô ba̍k-tē, 瞧不起。
140 作田人：tsoh-tshân lâng, 種田人。
141 號了：hō liáu, 名字取得。
142 躼跤有範：lò-ka ū-pān, 高個子，好看頭。
143 生張將才：sinn-tiunn tsiàng-tsâi, 長相威武。
144 內底：lāi-té, 裡面。
145 一粒一：it lia̍p it, 頂尖的。
146 蘆竹塘：Lôo-tik-tn̂g, 彰化縣竹塘鄉舊名。
147 倩：tshiànn, 花錢請人做事。
148 了後：liáu-āu, 之後。
149 煞著頂八卦：sannh tio̍h tíng pak-kuà, 一見鍾情。
150 央：iang, 請託。
151 媒人婆--仔：媒人古音是 hm̂-lâng。

遭[152]，阿 tsiáng sian 講都毋肯[153]。伊拜託媒人婆仔寄話[154]共勇仔會失禮[155]，講伊確實無想欲蹛[156]庄跤作田，毋是嫌勇仔有啥 bái--處[157]。彼个媒人婆仔眞呵咾阿 tsiáng，講伊做人有影讚[158]；若有 siáng 的後生[159]查某囝想欲揣對象嫁娶，阿 tsiáng 幾个庄頭穿來穿去，消息上精光[160]，伊攏會報予這个媒人知。有人問阿 tsiáng，哪會無愛[161]兼做媒人，紅包趁[162]--的比共人修指甲定著[163]較有額[164]，伊攏應人[165]講家

---

152 幾若遭：kuí nā tsuā, 好幾趟。

153 sian 講都毋肯：怎麼講都不肯。sian 是「千」的日文讀音。

154 寄話：kià-uē, 託話。

155 會失禮：huē sit-lé, 道歉。

156 蹛：tuà, 住。

157 bái--處：bái--tshù, 不好之處。

158 有影讚：ū-iánn tsán, 眞的好。

159 後生：hāu-sinn, 兒子。

160 上精光：siōng tsing-kong, 最靈通。

161 無愛：bô ài, 不要。

162 趁：thàn, 賺。

163 定著：tiānn-tio̍h, 肯定。

己猶未嫁，共人做媒人毋好，閣再講，一人一途[166]，較袂去挵破[167]別人的飯碗。就是按呢，媒人婆仔才會講話攏爲--伊。

阮厝邊阿月仔姊䚉大餅[168]彼工，知影阿tsiáng會來修指甲，我專工[169]佇in門口埕尾[170]等欲看--伊，等伊uì阿月仔的房間出--來。看著我，喙笑目笑[171]叫我一聲「藝術家」，閣問我有入學--未[172]。我應伊講愛等明年九--月，毋過我會曉寫家己的名--矣。伊閣共彼个鉛鉼盒仔提--出-來，我想講閣是欲共我修指甲、漆指甲油，就欲suan[173]，伊煞uì盒仔內提一

---

[164] 較有額：khah ū-giàh, 較多額度。
[165] 應人：ìn lâng, 回答別人。
[166] 一人一途：tsit-lâng tsit-tôo, 各有行業。
[167] 挵破：lòng-phuà, 打破。
[168] 䚉大餅：hīng tuā-piánn。䚉，hīng, 台語專用詞。得人禮物必須回禮，稱「䚉」。
[169] 專工：tsuan-kang, 特意做某事。
[170] 門口埕尾：mn̂g-kháu-tiânn bué, 門前庭院的尾端。
[171] 喙笑目笑：tshuì tshiò bàk tshiò, 眉開眼笑。
[172] 未：buē, 放在句末，表示對某一個動作的疑問。
[173] 欲suan：想要開溜。

个大餅出--來，講是阿月仔的餅，擘[174]一塊予--我。我愛食餅，毋過彼陣的大餅攏是肉餅較濟，肥肉包佇餅內底，食濟會 uì[175]，我共伊講較興[176]食豆沙餡--的。伊笑笑講後個月，人欲來共伊晢訂，伊會吩咐[177]講愛有幾斤仔豆沙--的，莫攏干焦肉餅，閣問我敢愛食冬瓜糖[178]？

阿 tsiáng 欲嫁--人-矣，我雖罔[179]猶是細漢囡仔，心肝頭煞有寡講袂出--來的刺鑿[180]，比我較鬱卒[181]--的是勇仔，伊這擺無死心嘛袂使--得。講--是按呢，伊猶是毋認輸，去阿 tsiáng in 庄--裡探聽看是 siáng[182] 遐好運，通[183]娶著這

[174] 擘：peh, 掰開、剝開。
[175] uì：吃太多而感到厭膩。
[176] 興：hìng, 喜歡。
[177] 吩咐：huan-hù。
[178] 冬瓜糖：送聘禮時除大餅外必要有冬瓜糖。
[179] 雖罔：sui-bóng, 雖然。
[180] 刺鑿：tshì-tshak, 感覺不舒服。
[181] 鬱卒：ut-tsut, 鬱悶。
[182] siáng：誰，啥人。
[183] 通：thang, 可以。

个遮媠的姑娘仔。彼个查埔囡仔 in 兜嘛是作田人，毋過囡仔是讀高農出業[184]--的，佇農會咧食頭路[185]，人眞斯文款，佮阿 tsiáng 算有四配[186]。勇仔到遮來--矣，火燒罟寮[187]，無甲一屑仔[188]希望(魚網)，無幾工爾，躼躼[189]的漢草[190]做一下曲痀[191]--落去。

Tih 欲[192]做新郎的這个農會職員，爲慶祝娶著一个溫純的婧某，專工去 hak[193]一台 oo too bái[194]，代替上下班騎的鐵馬，有時仔專工踅[195]

---

184 出業：tshut-giap, 畢業，由日文「卒 (tsut)」轉音。
185 食頭路：tsiah thâu-lōo, 上班。
186 四配：sù-phuè, 相匹配。
187 罟寮：koo-liâu, 置魚網之寮,「魚網」與「希望」台語同音。
188 一屑仔：tsit sut-á, 一點兒。
189 躼躼：lò-lò, 形容人長得高。
190 漢草：hàn-tsháu, 體格。
191 曲痀：khiau-ku, 駝背。
192 tih 欲：即將要。
193 hak：買較貴重的物品。
194 oo too bai：機車。日語音。
195 踅：seh, 繞行。

對阮庄--裡來，彼是我頭擺[196]看著 VESPA[197]這款紳士型的 oo too bái，阿 tsiáng 坐佇後斗[198]，長頭鬃予風吹振動[199]，眞 phānn[200]！我眞想欲坐看覓[201]--咧，毋過心肝內對彼个好運的人有寡 ngáih-giȯh[202]，顛倒[203]咧同情勇仔。

阿 tsiáng 自做--人了後，就共彼个鉛鉼盒仔收--起-來，講伊無欲閣共人修指甲，伊上 òo 尾一擺[204]，是修伊家己的指甲，等嫁了，彼套家私頭仔欲留咧家己做自家用--的。伊做這途--的，原本就逐工共家己的指甲修媠媠閣漆紅紅，阮庄--裡的少年家仔，尻川後[205]攏就稱

196 頭擺：thâu-pái, 頭次。
197 VESPA：以前最炫的紳士型機車。
198 後斗：āu-táu, 後座。
199 振動：tín-tāng, 搖動。
200 phānn：時髦。
201 坐看覓：tsē khuànn māi, 坐坐看。
202 ngaih-giȯh：內心不舒服。
203 顛倒：tian-tò, 反而。
204 上 òo 尾一擺：siōng òo bué tsit thuann, 最終的一回。
205 尻川後：尻川，kha-tshng, 屁股。背後之意。

呼伊「指甲花」，罕得[206]講伊「阿 tsiáng」的名。

阿 tsiáng 照約束[207]，捾[208]一盒豆沙餅來予--我，閣寄我一盒餅，講愛我轉予勇仔，伊歹勢[209]家己捾去予--伊，若無，袂輸[210]咧蹧躂[211]--人咧。我當伊的面擘一塊餅食，無代無誌，目屎[212]煞 lìn--落-來[213]。伊問我哪會咧哭，敢餅無合我的味？我嘛毋知咧哭佗[214]一條理，敢是替勇仔心酸？猶是替我家己咧悲傷--的？我才一个猶未讀國民學校的囡仔爾！

佇完聘[215]了個外月[216]的時，彼个欲做新

206 罕得：hán-tit, 很少。
207 約束：iok-sok, 約定、允諾。
208 捾：kuānn, 提東西。
209 歹勢：pháinn-sè, 不好意思。
210 袂輸：bē-su, 就好像。
211 蹧躂：tsau-that, 輕侮對待。
212 目屎：ba̍k-sái, 眼淚。
213 lìn--落-來：滑落下來。lìn, 漢字亦用「輾」。
214 佗：to, 哪。
215 完聘：uân-phìn, 訂婚完成。
216 個外月：kò guā gue̍h, 一個多月。

囝婿--的，煞騎 oo too bái 佇街--裡佮一台貨物仔車[217]相挵，猶未送去到病院就斷氣--矣。聽講阿 tsiáng 家己踮厝內[218]吼幾若工[219]，查埔--的[220]欲出山[221]的時，伊穿彼軀[222]本底[223]做新娘才欲穿的婧衫，紮[224]彼个貯家私頭仔的鉛餅盒仔去到式場[225]，當眾人面前修指甲、漆紅指甲花，共無緣的大官仔[226]要求欲用「未亡人」的身份送上山頭，大家[227]佮大官攏毋肯。事後，有人風聲[228]講是對方牽拖[229]阿 tsiáng 命傷

---

[217] 貨物仔車：huè-bu̍t-á tshia, 大貨車。
[218] 踮厝內：tiàm tshù-lāi, 在家裡。
[219] 吼幾若工：háu kuí nā kang, 哭了好幾天。
[220] 查埔--的：tsa-poo--ê, 男的。
[221] 出山：tshut-suann, 出殯。
[222] 彼軀：hit su, 那一套。
[223] 本底：pún-té, 本來。
[224] 紮：tsah, 攜帶。
[225] 式場：sik-tiûnn, 告別式的場所。
[226] 大官仔：ta-kuann-á, 公公，丈夫的父親。
[227] 大家：ta-ke, 婆婆，丈夫的母親。
[228] 風聲：hong-siann, 傳言。
[229] 牽拖：khan-thua, 找理由指涉。

硬[230]，去剋著 in 後生，才會連後生死後都無欲予入門。嘛有人講是雙方面的序大人[231]參詳[232]好--的，死--的都死--矣，莫去連累這个猶未入門好姑娘仔的終身。我較相信尾後[233]這个理由。

自彼時起，阿 tsiáng 就眞正無咧共人修指甲，出門嘛攏穿甲素素[234]，連三年後伊嫁予勇仔的時，手指頭仔尾都無看著漆紅紅的指甲花。

---

230 傷硬：siunn ngī, 太鋼硬。
231 序大人：sī-tuā-lâng, 父母親、上輩。
232 參詳：tsham-siông, 商量。
233 尾後：bué-āu, 後面。
234 素素：sòo sòo, 樸素。

牽尪姨[1]

阿忠是勇仔的好朋友，自做囡仔[2]時代，阿忠的牛犅[3]咧痟[4]，拚勢 pà[5]，勇仔逐[6]著牛，閣共[7]擋--起-來，uì[8]牛尻脊骿[9]共驚甲半小死[10]的阿忠救--落-來了後[11]，二个就若師公仔聖

---

1 尪姨：ang-î, 平埔的女巫。
2 囡仔：gín-á, 孩童。
3 牛犅：gû-káng, 公牛。
4 痟：siáu, 動物發情稱「痟」；人類發情，或超乎常情地專注某事物，稱「瘋 (hong)」。
5 拚勢 pà：piànn-sè pà, 拚命跑。pà,「跑」，上古音。
6 逐：jiok, 追逐。
7 共：kā, 把。
8 uì：從。
9 尻脊骿：kha-tsiah-phiann, 背脊。
10 半小死：puànn sió sí, 差一點死掉。
11 了後：liáu-āu, 之後。

杯[12]，褲帶結相連。勇仔人勇、漢草[13]粗，自來是毋知通[14]煩惱的人，見若[15]看--著，攏[16]是一支喙仔[17]笑笑，極加[18]是面仔柴柴[19]，tshoh-kàn-kiāu[20]二句，代誌[21]就過--矣，哪知這幾工，逐擺[22]見面都目頭結結[23]，有影[24]眞替伊擔憂。

勇仔是舊年[25]娶某[26]--的，in 某叫做阿

12 師公仔聖杯：sai-kong-á siūnn-pue, 法師和神杯。意指聯結在一起。
13 漢草：hàn-tsháu, 體格。
14 通：thang, 可以。
15 見若：kiàn-nā, 每一次。
16 攏：lóng, 都。
17 喙仔：tshuì-á, 嘴巴。
18 極加：kik-ke, 最多。
19 面仔柴柴：bīn-á tshâ -tshâ, 板著臉，無表情。
20 tshoh-kàn-kiāu：台灣民間頂級動物性的罵語。
21 代誌：tāi-tsì, 事情。
22 逐擺：tak-pái, 每次。
23 目頭結結：bak-thâu kat-kat, 愁眉不展。
24 有影：ū iánn, 眞的。
25 舊年：kū-nî, 去年。
26 某：bóo, 妻子。

tsiáng，佇[27]嫁翁[28]進前[29]，是專門四界[30]咧共人修指甲兼挽面[31]--的，結婚了就無做--矣。本底[32]阿 tsiáng 無欲嫁予[33]庄跤[34]作穡人[35]，運命[36]作弄，姻緣有時是註好好，眞僫[37]走閃。

娶著這个人稱呼做「指甲花」的媠某[38]，勇仔眞共疼惜，田園粗重的工課[39]毋甘予伊沐[40]，家己硬做。有人笑伊講：

---

27 佇：tī, 在。
28 嫁翁：kè-ang, 嫁給夫婿。
29 進前：tsìn-tsîng, 之前。
30 四界：sì-kuè, 到處。原漢字應爲「世界」，讀白話音。
31 挽面：bán-bīn, 用棉線修除臉部細毛。
32 本底：pún-tē, 本來。
33 予：hōo, 給。
34 庄跤：tsng-kha, 鄉下。
35 作穡人：tsoh-sit lâng, 種田人。
36 運命：ūn-miā, 指命底。「命運」指一時之運勢。
37 眞僫：tsin oh, 很難。
38 媠某：suí-bóo, 漂亮的妻子。
39 工課：khang-khuè, 有酬勞的工作。原字「功課」，白話音 khang-khuè。
40 沐：bak, 沾手。

「娶婧某袂輸庄跤人 hak[41]一軀[42]新 se-bi-loh[43]，phānn[44]是 phānn--啦，精差[45]用袂著，khē 伫厝[46]--裡看仿--的[47]。」

伊也袂受氣[48]，文文仔笑，應人[49]講：

「講罔講，厝內有 se-bi-loh 通看仿，免穿干焦[50]心情就爽。」

阿 tsián會使[51]講是勇仔上寶貝--的，幾年來，阿忠知影[52]勇仔無惜艱苦，干焦想欲予 in 某有一个較成樣[53]的日子通過，照講這陣[54]無

---

[41] hak：買較貴重的物品。

[42] 一軀：tsit-su, 一套。

[43] se-bi-loh：日語音，西裝。日文漢字是「背廣」。

[44] phānn：很炫，引人注目。引伸爲結交男女朋友。

[45] 精差：tsing-tsha, 有其差異性。

[46] khē 伫厝：khē tī tshù, 放在家裡。

[47] 看仿--的：khuànn hóng--ê , 看著玩的，觀賞自娛。

[48] 袂受氣：bē siūnn-khì, 不會生氣。

[49] 應人：ìn lâng, 回答別人。

[50] 干焦：kan-tann, 只有、只是。

[51] 會使：ē-sái, 可以。

[52] 知影：tsai-iánn, 知道。

[53] 較成樣：khah tsiânn-iūnn, 較像樣的。

應該看著這款憂頭結面[54]才著[56]！問--伊，閣無愛講，實在予人替伊煩惱。

庄內有一个叫做缺仔(Khueh--á)的老查某，毋知欲按怎[57]講伊的身份，無田通作，毋過[58]生活閣猶會得過，伊是專門咧共人牽尪姨兼收驚--的。這个時代，定著[59]有人毋知這款行業對古早台灣人的意義，請予我這个講古--的兼辯士[60]，加話[61]做一下仔解說。尪姨應該是平埔族風俗慣勢[62]的一種身份，佇現代語叫做「通靈的人」，替人共拄死[63]無偌久[64]的親人

---

54 憂頭結面：iu thâu kat bīn, 愁眉苦臉。
55 這陣：tsit-tsūn, 這時候。
56 才著：tsiah-tio̍h, 才對。
57 按怎：án-tsuánn, 怎麼樣。
58 毋過：m̄-kò, 不過。
59 定著：tiānn-tio̍h, 肯定。
60 講古的兼辯士：kóng-kóo--ê kiam piān-sū, 說故事兼解說員。演講者也稱辯士。
61 加話：ke-uē, 多嘴。
62 慣勢：kuàn-sì, 習慣。
63 拄死：tú sí, 剛死。
64 偌久：juā kú, 多久。

牽來面會[65]講話，叫做「牽亡[66]」，若死眞久--矣，抑是講佮[67]對方無啥親情關係--的，欲引來問話，就講是「牽尪姨」。

收驚是「小兒科專門」，囡仔著驚[68]嘛嘛吼[69]，袂食、袂睏，無一个定著，佇醫療無遐[70]發達的時，就 tshuā[71]去予人收驚。免食藥、無注射[72]，袂苦袂痛，干焦貯[73]一碗米尖尖，用囡仔穿過的衫包牢--咧[74]，抱囡仔去。收驚的人點三欉香，佇尖圓的碗面迴，嘴--裡念咒，了後共衫敨[75]開，看米面的圖樣解說，

---

[65] 面會：biān-huē, 限時限地點見面。來自日語。
[66] 牽亡：khan-bông, 將死者的魂魄引來談話。
[67] 佮：kap, 和。
[68] 著驚：tio̍h-kiann, 受驚嚇。
[69] 嘛嘛吼：mah-mah-háu, 大聲哭個不停。
[70] 無遐：bô hiah, 沒那麼。
[71] tshuā：引導。
[72] 注射：tsù-siā, 打針。
[73] 貯：té, 在此意爲「盛米、飯」。
[74] 包牢--咧：pau tiâu--leh, 緊包著。
[75] 敨：tháu, 解開。

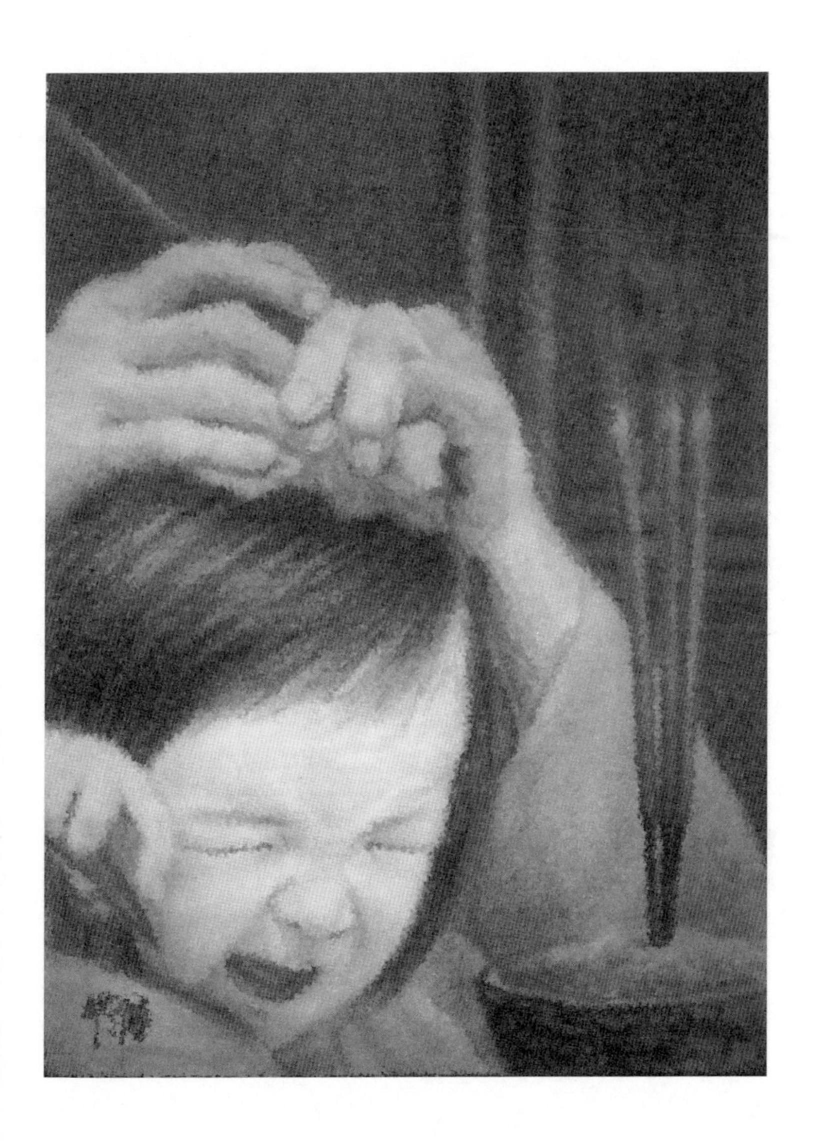

講囡仔是去予啥物[76]驚--著，抑是煞--著。牽尪姨有收紅包禮，無現金嘛會使用送物件[77]代替；收驚無收診費，彼碗米就是謝禮。若佇現代，尪姨應該講是古早的後現代資訊業，電腦網路嘛無法度[78]予陰陽界互相通批[79]。收驚--的當然屬佇是醫師公會。缺仔無播甲一釐地[80]，一年迥天[81]就是米甕毋捌[82]空--過，講--來，業務猶算穩定。

缺仔蹛佇[83]溝下庄仔尾，勇仔 in 兜是佇溝頂庄仔頭，阿 tsiáng 本底佮缺仔二人袂行甲遐捷[84]，有一擺[85]，缺仔欲出庄去共人牽尪姨，

---

76 啥物：siánn-mih, 什麼。
77 物件：mih-kiānn, 東西。
78 無法度：bô huat-tōo, 沒辦法。
79 通批：thong phue, 互相信件來往。
80 一釐地：tsit lî tē, 一分地的十分之一，約近三十坪。
81 一年迥天：tsit nî thàng thinn, 一年到頭。
82 毋捌：m̄-bat, 未曾，從來沒有過。
83 蹛佇：tuà tī, 住在。
84 行遐捷：kiânn hiah tsia̍p, 來往那麼勤。
85 一擺：tsit pái, 一次。

對勇仔 in 門口埕[86]尾過，彼工日頭眞猛[87]，阿 tsiáng 想講彼套共人修指甲、漆指甲油的家私久無用，自嫁勇仔了後，伊就無閣靠這途賺食[88]，家己嘛毋捌用--過，驚生菇[89]，就拍開[90]佇埕--裡曝，缺仔看--著，眞合意[91]，翻頭[92]轉--來的時，專工[93]入去揣[94]阿 tsiáng 講話。

庄跤人無論查埔、查某[95]，攏著作田顧園，連面都袂顧得媠[96]，哪會有閒工佮條件通管甲指頭仔--去，阿 tsiáng 雖罔[97]in 翁[98]勇仔

---

86 門口埕：mn̂g-kháu-tiânn, 門前庭院。
87 日頭眞猛：jit-thâu tsin mé, 日曬很強。
88 賺食：tsuán-tsia̍h, 靠以收入。
89 生菇：senn-koo, 發霉。
90 拍開：phah-khui, 打開。
91 合意：kah-ì, 合乎心意，喜歡。
92 翻頭：huan-thâu, 回頭。
93 專工：tsuan-kang, 故意做某事。
94 揣：tshuē, 尋找。
95 查埔查某：tsa-poo tsa-bóo, 男女。
96 媠：suí, 美。
97 雖罔：sui-bóng, 雖然。
98 in 翁：in ang, 她的丈夫。

毋甘[99]予伊 kō 塗[100]沐水，總--是較輕可[101]的厝埕工課嘛會鬥做[102]，閣有結婚前的一層緣故，煞[103]家己有彼副修指甲、漆指甲油的家私嘛無咧用。獨獨這个缺仔，做尪姨原本就有寡佮人無仝[104]的妝 thānn[105]、穿插[106]，閣免作穡[107]，當然會想欲共指甲妝--一-下，就姑情[108]阿 tsiáng 共伊修，閣欲漆怪色的指甲油。

Tshím 開始[109]，阿 tsiáng 講伊無欲閣共人修指甲--矣，尾手[110]，缺仔佮伊條件交換，講若共伊修指甲，無論阿 tsiáng 想欲佮死偌久的

---

99 毋甘：m̄-kam, 捨不得。
100 kō 塗：kō thôo, 沾到泥土。
101 輕可：khin-khó, 輕鬆。
102 鬥做：tàu tsò , 幫忙做。
103 煞：suah, 竟然。
104 無仝：bô kâng, 不一樣。
105 妝 thānn ：tsng-thānn, 裝扮。
106 穿插：tshīng-tshah, 穿著。
107 作穡：tsoh-sit , 種田、工作。
108 姑情：koo-tsiânn, 懇求。
109 tshím 開始：剛開始。
110 尾手；bué-tshiú, 後來。

人講話，伊攏有法度召--來。阿 tsiáng 佇猶未嫁勇仔進前，有佮人戀愛--過，嘛有送大餅捾訂[111]--矣，哪知煞出車厄[112]夭壽[113]--去，毋知伊這時佇陰間過了有好--無，嘛毋知伊有歡喜這个無緣的某嫁予勇仔無？真想欲佮伊講話問一个真。缺仔講牽尪姨毋是凊彩[114]就牽有，ài[115]揀時揀所在[116]，閣著用真濟[117]項道具，叫阿 tsiáng 等二工後，月娘[118]無光的暗暝[119]，才去溝下庄尾揣--伊。

在來[120]阿 tsiáng 真罕得[121]出門，上濟[122]是

---

111 捾訂：kuānn-tiānn, 下聘禮。
112 車厄：tshia-eh, 車禍。
113 夭壽--去：iau-siū--khì, 夭折。
114 凊彩：tshìn-tshái, 隨便。
115 ài：得要。
116 揀時揀所在：kíng-sî kíng sóo-tsāi, 挑時間挑地點。
117 真濟：tsin-tsē, 很多。
118 月娘：gue̍h-niû, 月亮。
119 暗暝：àm-mî, 晚上。
120 在來：tsāi-lâi, 一向。
121 真罕得：tsin hán--tih, 很難得。
122 上濟：siōng tsē, 最多。

轉去[123]後頭厝[124]，攏會叫勇仔伴--伊，庄跤人若毋是巡田水[125]，嘛無人三更半暝[126]咧出門--的，阿 tsiáng 哪會固定一個月攏會有一暗[127]，等勇仔睏--去就出--去。彼暝，勇仔欲睏進前，茶灌傷濟[128]，半暝 peh 起來放尿，才知影 in 某無睏佇眠床頂[129]，厝內、厝前厝後攏揣無一个人影，愈揣想愈無。翻轉工[130]精神[131]，阿 tsiáng 全款早頓[132]款[133]燒燒[134]等伊食，也無講昨暝[135]走去佗位[136]的代誌。閣[137]來幾工[138]，暗

123 轉去：tńg--khì, 回去。
124 後頭厝：āu-thâu-tshù, 娘家。
125 巡田水：sûn tshân-tsuí, 巡視灌溉用水狀況。
126 三更半暝：sann-kinn puànn-mê, 三更半夜。
127 一暗：tsit-àm, 一晚。
128 茶灌傷濟：tê kuàn siunn-tsē,「茶」指的是開水;「茶米茶」才是泡茶葉的。
129 眠床頂：bîn-tshn̂g tíng, 床鋪上。
130 翻轉工：huan tńg kang, 隔天。
131 精神：tsing-sîn, 睡醒來。
132 早頓：tsái-tǹg, 早餐。
133 款：khuán, 準備。
134 燒燒：sio-sio, 可口的熱食。

時[139]攏眞正常，勇仔一時煞僥疑[140]，敢是[141]彼暝家己咧陷眠[142]？

幾個月後，勇仔才知影阿 tsiáng 一個月會偷走出去一擺，攏是咱人[143]月底的半暝，伊煞僥疑 in 某敢是外口[144]討契兄[145]，毋過阿 tsiáng 在來都遐[146]溫純，對勇仔嘛眞貼心體貼，thài[147]會按呢[148]？這就是勇仔憂頭結面的原因，伊是欲按怎講予阿忠知？

---

135 昨暝：tsa-mî, 昨天晚上。
136 佗位：toh-uī, 哪處？
137 閣：koh, 再。
138 幾工：kuí-kang, 幾天。
139 暗時：àm-sî, 晚上。
140 僥疑：giâu-gî, 猜疑。對人或事猜忌疑慮。
141 敢是：kám sī, 難道是。
142 陷眠：hām-bîn, 做夢。
143 咱人：lán-lâng, 指農曆。
144 外口：guā-kháu, 外面。
145 契兄：kheh-hiann, 女人的外遇對象。不是「客兄」。
146 遐：hiah, 那麼。
147 thài：怎麼。
148 按呢：án-ni, 這樣。

有一暝，勇仔專工毋敢睏，等 in 某起床，就 iap 後[149]共尾行[150]，綴[151]到溝下，欲出庄--矣，看伊行入去缺仔 in 兜，奇怪，房間內閣點蠟燭仔火，缺仔出來開門，阿 tsiáng 無講話就入--去，分明是約好--的，敢講缺仔提供場所予契兄夥計[152]做 sán-khuìnn[153]？勇仔一時掠狂[154]，想欲傱[155]入去掠猴[156]，閣驚傷衝碰[157]，若拂毋著--去[158]，代誌就袂收山[159]，無 ta-uâ[160]，覕[161]窗仔邊偷聽偷看，看阿 tsiáng 逐

---

149 iap 後：在後面潛行。
150 尾行：bí-hîng, 跟蹤尾隨。日本漢字的台語音。
151 綴：tuè, 跟隨。
152 夥計：húe-kì, 男人外面的情婦，今稱「小三」。
153 sán-khùinn：男女房事或打情罵俏。原「爽快」之白話音。
154 掠狂：liȧh-kông, 激動而失去理智。
155 傱：tsông, 闖進。
156 掠猴：liȧh-kâu, 捉姦。
157 衝碰：tshóng-pōng, 莽撞。
158 拂毋著--去：hut m̄-tiȯh--khì, 搞錯了。
159 袂收山：bē siu-suann, 難以善後。
160 無 ta-uâ：無奈何。

個月攏會偷走出來一暝，是咧變啥物蠓[162]。

蠟燭仔火 hua--去[163]，暗 bin-bong[164]，看攏無，連鞭[165]就聽著缺仔毋知咧念啥咒語，念眞久，了後，缺仔的聲煞變查埔聲，佮阿 tsiáng 咧應答，這時，勇仔知--矣，阿 tsiáng 是來予缺仔替伊牽尪姨，牽彼个本底佮伊訂婚、佇農會食頭路[166]、尾仔騎 VESPA 予貨物仔車挵--死[167]-的。

知影 in 某毋是外口討契兄了後，勇仔心情有較好，佮阿忠閣有講有笑，伊共鬥陣--的[168]講，家己不應該烏白[169]懷疑家己的某，伊是走去缺仔遐牽尪姨，欲揣彼个無緣--的，講

---

161 覕：bih, 躲、藏。
162 變啥蠓：pìnn siánn báng, 搞啥名堂。
163 hua--去：熄滅。
164 暗 bin-bong：漆黑。
165 liam-mi：隨即。連横謂「連鞭」，調不符合。
166 食頭路：tsia̍h thâu-lōo, 上班。
167 挵--死：lòng--sí, 衝撞而死。
168 鬥陣--的：tàu-tīn--ê, 好同伴。
169 烏白：oo-pe̍h, 毫無根據地。

--來，也算眞有情。阿忠講活人袂使佮死人計較，世間無人講活人咧佮死人溢醋酸[170]--的，安慰伊寬心過日。

代誌到遮[171]猶未煞，這站[172]時間，勇仔煞愈想愈凝心[173]，明明我這个活人遮爾[174]愛--你、惜--你，你猶未滿足，逐個月去揣死人靈魂，敢講死人會討趁[175]飼--你？阿 tsiáng 的心猶附佇別人身軀頂，雖罔講是死--去的人，活人毋是袂[176]佮死人計較，若牽涉著愛情，啥物都有人咧計較！勇仔正面共阿 tsiáng 講出伊的不滿。人阿 tsiáng 嘛眞 ah sa lih[177]，講袂閣去揣缺仔牽尪姨--矣，請翁婿免遐厚操煩[178]。

過二個月，缺仔搬去新牛庄仔，共牽尪

---

170 溢醋酸：ik tshòo-sng, 吃醋。
171 遮：tsia, 這裡。
172 這站：tsit tsām, 這段。
173 凝心：gîng-sim, 痛心。
174 遮爾：tsiah-nih, 這麼地。
175 討趁：thó-thàn, 工作賺錢。
176 袂：bē, 不會。
177 ah sa lih：很乾脆。日語。

姨佮收驚的業務攏移交予伊的得意門徒阿 tsiáng。缺仔感覺阿 tsiáng 比伊較有神緣，逐暗[179]那牽那教，代價是阿 tsiáng 愛共彼組修指甲、漆指甲 li-li khok-khok 的家私頭仔送--伊。

阿 tsiáng uì 指甲花變尪姨了後，勇仔厝--裡有人鬥趁[180]，聽講有儉[181]寡錢，伊做工課嘛無較早遐骨力拚勢[182]。In 某若咧牽尪姨的時，就講伊生時袂合[183]，袂使佇邊仔，若無，神魂袂倚[184]--來，叫勇仔去揣阿忠迫迌[185]。阿忠看勇仔的面愈來目頭[186]愈結，問伊講是毋是猶咧佮死人計較？伊閣毋承認，這款症頭[187]，連好朋

---

178 厚操煩：kāu tshau-huân, 多煩惱。厚，音 kāu，是同音字，指抽象不可數的「多」。
179 逐暗：ta̍k-àm, 每晚。
180 鬥趁：tàu thàn, 幫忙賺錢。
181 儉：khiām, 積存。
182 骨力拚勢：kut-la̍t piànn-sì, 努力、拚命。
183 生時袂合：sinn sî bē-ha̍h, 生辰犯沖。
184 倚：uá, 靠近。
185 迫迌：tshit-thô, 遊玩。
186 目頭：ba̍k-thâu, 眉頭。
187 症頭：tsìng-thâu, 症狀。

友嘛無才調[188]醫。

阿 tsiáng 做尪姨的名聲愈來愈響，連外庄--的嘛有人來揣，定定[189]愛規禮拜[190]前就先排號碼才撨[191]有時間，囥仔收驚的穡頭[192]，利純[193]才一碗米，就無允人[194]這項--矣。勇仔想講阿 tsiáng 遮純情的人，定著嘛會牽彼个騎 VESPA--的出來講話，頭殼內就浮出較早阿 tsiáng 予人載，長頭鬃予風吹振動，規路攏是伊快樂的笑聲，愈想愈有影。

閣過一年，阿忠就罕得看著勇仔，聽人 hán 講[195]伊攏佇街--裡跋筊[196]，真少轉來[197]庄--

---

[188] 無才調：bô tsâi-tiāu，沒有能力。
[189] 定定：tiānn-tiānn，時常。漢字亦用「迭迭」。
[190] 規禮拜：kui lé-pài，整個星期。
[191] 撨：tshiâu，安排。
[192] 穡頭：sit-thâu，工作。
[193] 利純：lī-sûn，利潤。
[194] 允人：ín lâng，允諾他人。
[195] hán 講：傳言。
[196] 跋筊：pua̍h-kiáu，賭博。
[197] 轉來：tńg-lâi，回來。

裡，伊佇街--裡閣結著[198]一个酒家底的夥計，二人佇遐有稅[199]一間厝。

差不多阿 tsiáng 尪姨做三年了後，人客[200]傷濟，嘛徙[201]去較鬧熱[202]的街--裡開堂，叫勇仔共彼个夥計做夥 tshuā 轉來蹛，正式變勇仔的細姨[203]，毋過，阿 tsiáng 全款溫純好性地，大某細姨毋捌冤家[204]，精差過無偌久，彼个細姨嘛咧綴阿 tsiáng 學牽尪姨。

198 結著：kat tio̍h, 結識、搭上。
199 稅：suè, 租賃。
200 人客：lâng-kheh, 客人。
201 徙：suá, 遷徙。
202 鬧熱：nāu-jia̍t, 熱鬧。
203 細姨：sè-î, 小老婆。
204 冤家：uan-ke, 吵架。

Asia Jilimpo

陳明仁

《Pha荒ê故事》

第一輯：田庄傳奇紀事

(教羅漢字版)

地理gín-á 先

前2 工肉粽節，路邊lóng 會鼻著粽ê phang 味，都市人縛粽用ta-lian ê 粽葉，爲beh kap 青ê 粽葉無kâng，thiau 工借用ha̍h-á ê 色水，講粽ha̍h，我iáu 是khah kah-ì 庄kha 時代，爲beh 縛粽，大人lóng 會喊góan gín-á 去竹á 林挽khah 大phòe ê 粽葉tn̂g 來縛粽。青粽葉ê 粽sa̍h beh 熟所chhèng--出來ê 氣味，m̄ 是chhìn-chhái 街市路邊lóng 有tè 鼻--ê。我大hàn 信基督了後，對有ê 民間節氣khah 無去注意，m̄-koh góan i--á 縛ê 粽，無論我信siá^{n}-mih 教，lóng bē-tàng 放bōe 記。Góan i--á 節前2 工就khà 電話講過節beh kōa^{n} 粽來台北，叫我免去市á 買人做便--ê，koh 講有1 個我國校á ê 同學有去厝--nih beh chhōe--我，講是姓林，名i bōe 記--得a。我本底想beh 問a-i hit個人生做siá^{n} 款，án-ni mā 加問--ê，自國校到ta^{n}，面容生張

tiā^{n}-tio̍h 變真chē。尾--á，a-i 講i 想--著a，hit 個人有講：

「Kā lín 後生講hit 個地理gín-á 先，án-ni i 就知--a！」

Gín-á 時代，我一直分bē 清看風水kap 看地理有siá^{n} 無kâng，大人kā 我解說講「看陽宅--ê 是地理，看陰宅--ê 是風水。」我iáu 是m̄ 知siá^{n}-mih「陽宅、陰宅」，kan-ta^{n} 知影通常會hiáu 看地理--ê lóng oan-na 會hiáu 看風水，到國民學校一年ê 時，我熟sāi A 龍，chiah 有進1 步ê 了解。

A 龍kap 我kāng 班，頭起先我kap i 無siá^{n} 熟sāi，有1 pái 放學ê 時，經過教導in 門嘴，i hiông-hiông ùi 1 叢sōai^{n}-á 頂跳--落來，ǹg 我笑--1 下，招我tàu khioh sōai^{n}-á。教導in tau 種幾叢果子樹，老師tiā^{n}-tiā^{n} 交帶góan bē-sái 去偷挽，A 龍nah 會hiah 好膽？我問--i，i kan-ta^{n} 笑笑講：

「我m̄ 驚，我有phiat 步！」

上課ê 時，我tī 班--nih 漢草無算kài kôan，坐第3排，i 坐上後壁排，我看i ê 桌á 排無直，beh kā i chhiâu hō 齊，i 講bē sái，若無排án-ni，會破壞地理，i 做tāi-chì 會bē 順。In 老pē 就是做地理先--ê 兼看風水，有leh 教i 看地理。A 龍叫我mā kā 書桌á chhiâu khah óa tò-pêng--leh，講án-ni，我冊會khah gâu 讀。I 是我一年á ê 時，tī 學校上捷做夥ê 人。

有1 pái 老師leh 教góan 講有10 隻鳥á hioh tī 樹á 頂，有人用chhèng 彈死1 隻，án-ni chhun 幾隻？Ta̍k 個lóng 講chhun ê 鳥á tio̍h chhi^{n} 驚飛gah 無半隻，kan-ta^{n} 我講「chhun 塗kha 1 隻」。A 龍soah kā 老師講「應該是chhun 9 隻chiah tio̍h」，che 是算數ê 問題，無應該kā 鳥á 聽著chhèng 聲了後ê 反應考慮在內，若有1 kóa gōng 面鳥á m̄ 驚chhèng--ê beh án-chóa^{n}，koh 講hōan-sè mā 有he 臭耳聾鳥，聽無chhèng 聲m̄ 知thang 驚。老師講i 想siu^{n} chē，就下課--a。我感覺A 龍講--ê mā 有tām-po̍h-á 理，應該i 講

--ê khah 單純，是老師ka-tī 想siuⁿ chē，簡單ê 算數niâ， bú gah hiah 複雜！Hit 時，1 個穿chhah 真有pān ê 人chhōa 另外1 個人行入教室，A 龍講hit 個是in 老pē。等i 向前去叫「a-pa」，我chiah 知是後壁hit 個，穿西裝hit 個是góan 校長。校長kā 老師講：

「林山龍同學因爲厝--nih 有要緊ê tāi-chì，家長來beh chhōa--tńg 去。」

翻tńg 工，我透早tī 校門嘴就看著A 龍，i 是專工等--我ê，the̍h 1 個紅龜粿hō͘ 我食，講是cha-hng kap in a-pa 出去看風水，人送--ê。In a-pa 若去看風水，lóng 會chhōa i 去，一--來，是牽羅庚需要i tàu kha 手。二--來，mā 是beh hō͘ i 見習ê 意思。I 講做風水、地理先bē bái，真有社會地位，連góan 校長辦公室桌á beh ǹg toh 1 向，門beh 開向siáⁿ 方位，lóng ài hō͘ in a-pa 看--過 chiah 敢決定。In a-pa 講看風水是洩漏天機，m̄-chiah 俗語講「穿山龍，1 世窮(chhng soaⁿ lêng，chi̍t sì kêng)」，窮就是sàn，看風水ê 人1 世人tī 山內sì-kòe

穿來穿去，漏洩天機，一定sàn kui 世人，kā i ê 名號做「山龍(San-liông」，就是山龍(soaⁿ-lêng)ê 意思，想beh 用名teh 命。我講若án-ni，你nah會koh 會想beh 學這途？I soah 講：「若會tàng 幫chān 別人好，ka-tī sàn mā 無要緊。」這句話hō͘ 做gín-á 時ê 我，想幾nā 冬。這chūn 斟酌想--起來，iáu 感覺A 龍算是真有慧根ê gín-á。

一年ê 頭1 學期，我就考全班第一名，A 龍講是我ê 書桌á 有照i 教--ê 方位重chhiâu khah óa tò-pêng，chiah 會有好成績。我問i 講：

「你ê 桌á mā 有chhiâu--過，nah 會第32 名？」

I頭起先kā 我講：「你第3 排hit tah 力khah 強，我若m̄ 是有chhiâu--過，nah 有法tō͘ kui 班koh 贏13 個人！」我koh 問i nah 會無kā 老師講beh 坐第3 排？I 神秘神秘講是「福地福人居，i 無我這款氣運，占好地理mā 無khah chhoah。」我iáu 未死心，疑問講：

「若福氣ê 人就有福運，無福ê 人占好位mā 無效，án-ni 看風水、地理有siáⁿ 意義？」

I 講che 是天機，不可洩漏！我soah 感覺無意無意，無想beh kap i 講話。Beh hioh-kôaⁿ chìn 前ê 上尾工，i 講是beh kap 我講和，kā 我漏洩天機講：

「Góan a-pa 教我1 步phiat 步，你若tú 著應bē 出--來ê 問題，就講這句金言－－天機不可漏洩！」

我問i 講若考試tú 著bē hiáu ê 問題，i kám 猶原án-ni 寫？I 講i 考試有真chē i bē hiáu--ê，i 真想beh 寫án-ni，m̄-koh「機」kap「漏洩」hit 幾字á lóng 是『生字』，i 寫bē 出--來，chiah 會考第32 名。

我頭1 pái ê 春假旅行是去清水巖，he 是tī 彰化kap 南投隔界ê 山區，góan 附近上kôan ê 所在kan-taⁿ 1 粒chiah 差不多3 人kôan ê 大崙niâ，冊--nih 講ê 山，我m̄ 知kôan 到siáⁿ-mih 形--ê。Ùi góan 原斗beh 去清水巖會經過這時叫做「合興」ê 小埔心kap 這chūn 講是「北斗」ê 寶斗，koh 過田中央。Góan 是包1 台客運做遊覽車，經過寶斗ê 時，A 龍kā 我講古早大線火車ùi 員林以後是照省公路án-ni，tùi 寶斗、溪州過濁水溪，西螺落南。因爲寶斗自早就是台灣真交易(ka-ia̍h)ê 地頭，hia 是1 窟ka 刀穴ê 寶地，若開鐵支á 路會破壞寶穴，地方上--ê lóng 反對，尾--á m̄-chiah 會ùi 永靖(Ián-chiān)起就改向，行tùi 社頭、田中央、二水去。我hit 時iáu m̄-bat 去過都市，m̄ 知hit chūn ê 寶斗已經無算是chhia^{n}-iā^{n} ê 城市--a，若無，我會問i 講，nah 會有寶穴ê 所在，soah 顚倒發展比火車路沿線ê 城市khah soe-bái？是beh 信風水地理iah 是相信交通科技？

清水巖有1 個祖師廟，廟庭看--起來m̄ 是kài 闊，m̄-koh 聽講khah chē 台遊覽車chhah--入去，mā 是koh lēng-lēng，A 龍報我看，講che 是糞箕穴，糞箕看--起來無大kha，m̄-koh 會tàng put 真chē 物件。I 報我看toh 位是糞箕嘴，toh 位是耳，我實在看無，án-chóa^{n} 看mā 無成糞箕。我知影i kā 我講--ê lóng 是in a-pa 教--i ê，m̄-koh i ê 記智iáu 算真好，kā 我講gah

真斟酌。

我問i講，ka刀pêng、鐵掃帚kap糞箕這類物件，若帶這款命--ê lóng講是破格，應該是phái^{n}命，nah會這款穴會變寶穴？Kám講若穴有成siá^{n}-mih物件就是好穴？I解說講穴mā有好kap bái，親像龍穴是皇帝穴，人人愛，算好穴，親像蜈蚣穴，算phái^{n}穴，會出大魔王，mā有hit款豹穴、虎穴，好人得--著，後代做將軍武將，tâi m̄ tio̍h人，後代就出惡賊。I koh用hit時所時行ê日本武士電影「宮本武藏」做說明，宮本武藏就是虎穴出身，變大劍客，大俠。Hit個sa-sa--去ê小次郎mā是虎穴，m̄-koh有魔性，chiah會變phái^{n}人，尾--á iáu是hō͘武藏收除tàn-sak sa-sa--去。Góan bē hiáu講日本話，kā「佐佐木」ê日語發音讀做sa-sa--去。我無看過hit齣電影，m̄-koh自hit時起，就lia̍h定電影內底最後決鬥輸--ê就是phái^{n}人。Hit pái ê春假旅行，我真正體會A龍是1個有天份ê地理先--ê。

升二年--ê了，koh重編班，我成績好，編tī頭段班，就khah無機會kap i講話，kan-taⁿ知影i kāng款iáu leh學看風水、地理。有1 pái góan a舅竹管á厝翻做瓦厝，入厝有hō͘人鬧熱請人客，我食桌有tn̄g著i kap in老pē。講是厝ê地理mā是in a-pa看--ê，算貴賓，kap里長坐kāng桌，我頭pái聽in a-pa leh kap人講話，就是講著寶斗ka刀穴ê tāi-chì，里長問講若án-ni，nah會寶斗soah顛倒比田中央khah無發展？正牌ê地理先講：

「雖bóng寶斗比人khah無鬧熱，m̄-koh mā為著無鐵支路ê交通利便，khah無大工廠來thún，保持khah好ê環境，寶斗人生活了khah清氣、sù-sī，m̄是講鬧熱、發達就上好--ê。」

A龍kā我sái目尾，意思是問我對這款答案有滿意--無。

Koh來，我lóng無kāng班leh無êng做班長，就罕得koh來去--a。

這篇稿tú 寫了，就接著i ê 電話，問i 這時leh chhòng siáⁿ thâu-lō͘，有leh kā 人看地理--無？I 笑笑講自讀師專了就一直tī 1 間庄kha 國校做老師，這時兼做教務主任--a。我問i 講：

「水箱á 內有10 尾金魚，死1 尾--去，án-ni chhun 幾尾？」

I 講che m̄ 是算數ê 數學問題，若beh 變做算數問題tio̍h-ài 講：

「水箱á 內有10 尾金魚，lia̍h 出來1 尾了後，內面chhun 幾尾？」

我頭殼內hit 個地理gín-á 先，soah 變做學校ê 教務主任，我真oh kā 聯想做1 夥，總--是，我iáu 是歡喜30 幾年後koh 有國校ê 同學相chhōe。✍

新婦á 變尫姨

伴朋友去kā 人kōa^{n}-tiā^{n}，照台灣例chhôan 1 kóa 禮數，手指、chng-thā^{n}，koh 有1 個柴盒á，內面té 1 chí 現金，朋友講是聘金禮。這chūn 真chē 人無leh 收聘金，m̄-koh 禮數原在，先送--去，hit 頭chiah koh 退--tńg 來。我真欣賞這種禮儀，che 是現代人無kā 嫁cha-bó͘ kiá^{n} 當做經濟行爲，koh 會tàng 維持傳統文化上好ê 表現。

古早tī Pha 荒ê 時代，物資欠缺，生活困難，飼1 個gín-á 大hàn ài khai 真chē，cha-po͘ gín-á 大hàn 會tàng 留tī 厝--nih tàu 趁，飼kiá^{n} 所khai ê 費用算投資，cha-bó͘ kiá^{n} 大hàn ài 嫁去別人tau，若無換1 kóa 聘金tńg--來，就加了番藷á 米--ê。有kóa 人根本無châi-tiāu kā cha-bó͘ kiá^{n} 飼gah 大，就先kā 送人做「新婦á」，hō͘ 未來ê ta-ke koa^{n} 先飼。Góan 庄--nih 出名ê 尫姨「缺

(khoeh)--á」就是細漢pun 人做新婦á--ê。

缺--á in tau 無比人khah sàn jōa chē，橫直ta̍k 口灶 lóng kāng 款艱苦，是缺--á in 老pē m̄ 擔輸贏，想beh 加生幾個á 後生thang 好tàu 作sit，生著cha-bó͘ kiá^{n} mā 是無法tō͘--ê，缺--á in i--á 講：

「Cha-bó͘ gín-á tī 厝--nih tàu 做ê khang-khòe 是比 cha-po͘--ê khah chē--leh，若無cha-bó͘ kiá^{n} kā 我tàu kha 手，我會做--死。」

Cha-po͘ 人講--ê chiah 是話，老pē 有別種掛慮，iáu 是kā 缺--á pun hō͘ 別庄經濟khah 好--ê 做新婦á，hit 年缺--á tú 好8 歲滿。對方是好家庭，cha-po͘--ê chiah 3 歲niâ，tú leh 學行，步步tio̍h 缺--á kā āi^{n} kā 騙，庄 --nih 年歲相當ê gín-á 伴自動編念歌笑i 講：

「Bó͘ āi^{n} 翁，輕輕鬆鬆；後日換翁抱bó͘，艱艱苦 苦！」

Hit chūn ê 缺--á iáu m̄ 知翁á bó͘ ê 意思，聽人án-ni kā 笑，想講應該m̄ 是siá^{n}-mih 好--ê。做人ê 新婦á 講khah

白--leh就是換3頓飽ê cha-bó͘ 長工。對方講--來生活有khah 好過--tām-po̍h-á，mā m̄ 是jōa phái[n] jōa 惡ê人，對tú pun--來ê 缺--á iáu 是先當做cha-bó͘ kiá[n] 看待，猶原先chhōa i 去hak kóa 衫á 褲，hoan咐缺--á 叫未來ê ta-ke ta-koa[n]「a 母kap a-pa」，準講日後合(kap)房sak 做堆，chiah 免koh 改嘴。3 歲ê cha-po͘ gín-á就先當做小弟，hō͘ 缺--á 負責kā i io kā i chhōa。庄kha 人kāu 話屎，厝邊tau 加減會kā 缺--á 這個新婦á 當做話題，會來會去，gín-á 聽--著，m̄ bat 世事，chiah 會編念歌笑--i，講--來，mā m̄ 是有siá[n] phái[n] 意。

當時ê 庄kha 所在m̄ 是kài 重教育，主要是一--來，學校離庄通常lóng 有khah 遠，無kài 利便。二--來，庄kha 作sit 上需要勞力，雖bóng 是gín-á 人，iáu 是有in 會tàng tàu 做ê khang-khòe。三--來，受教育對庄kha ê作sit 人無jōa 大ê 幫贊，有讀冊--ê 無比別人khah gâu 作sit。連cha-po͘ gín-á 都真chē 無去入學--ê a，缺--á 這款出身sàn-chiah 家庭ê cha-bó͘ gín-á

人就koh khah 免講，當然無機會thang 去學校讀冊。人pun 缺--á 是beh 做新婦á--ê，罕得聽著有人專工pun 1 個新婦á 來栽培、讀冊，就是án-ni，缺--á 1 世人m̄ bat 字，m̄-koh i 自細漢就各樣各樣(koh-iūⁿ)，tiāⁿ-tiāⁿ m̄ 知kap siáng leh講話，邊--á 根本都無看著gah 半個人，i 講話ê 表情koh 真正經。問i 是kap siáng leh 講話，i 有時á 講是生分人，有時講：

「He 都a 祖--leh！」

缺--á in a 祖自i iáu 未出世就過身--a，i 也m̄-bat 見--過。人koh 問i a 祖siáⁿ 款生張體態，soah 講gah 對tâng 對tâng，庄--nih chiah hán--起來，講缺--á 有陰陽目，會tàng 看thàng 陰陽界。這款通靈ê 人，koh 有各樣ê 所在，嘴極破格，人講「無影無1 跡，soah 講gah 對對」，有預言ê 本能，對未來特別敏感，若hō i 講--過ê tāi-chì lóng 特別聖(siàⁿ)，人講「聖gah 嘴會sái 借人生kiáⁿ」，chhòan 講chhòan 準，koh lóng m̄ 是siáⁿ-mih 好空tāi。愈大hàn 神祕ê 怪事也愈chē，厝

--nih ê 人soah 有kóa 驚--i，che 也是in 老pē 緊beh kā 缺--á pun 人做新婦á ê 緣故。

Tú 來ê 時，有tang 時á 看缺--á 無tāi-chì ǹg 門嘴外口hoah 講：

「入來坐--lah！請問beh chhōe siáⁿ 人？」

厝--nih ê 人當做i iáu gín-á 性，kā-tī ná leh 辦ko͘-hóe-á 變sńg 笑--ê，互相kā 當做笑談，過1 段時間，看i koh 猶原án-ni，chiah 感覺有kóa 問題。Tāi-chì 經過3 年，聽人講附近來1 個師父，道行高深，真正是活佛hit 款--ê，緊拜託人去搬請i 來。

師父真正寶相莊嚴，精差年歲khah 老，目chiu 無好，有1 個徒弟引chhōa i 來，庄kha 人kài 好玄，聽著有高僧beh 來看缺--á，挨挨雜雜kheh tī 門口庭，看師父展大法。缺--á 穿1 軀súi 衫出來見師父，見面就笑，m̄ 是gín-á ê 笑，是真正歡喜ê 笑容，這時，師父看無siáⁿ 有ê 目chiu hiông-hiông 展大蕊，射出光mê，斟酌相缺--á 1 khùn，chiah 講：

「這個gín-á m̄ 是普通ê gín-á，i 有緣，lín m̄-thang kā i 當做新婦á 看待！」

主人聽師父án-ni 講，緊應講：「若i 有緣，ah 無就tòe 師父去修行。」

師父koh 講：「I m̄是佛緣，mā m̄是人緣，總--是，有利益眾生ê 利用。」

自師父án-ni 講了後，庄--nih 就lóng 知影缺--á m̄ 是普通人，庄kha 人本底就比人khah 信佛信命，聽師父講缺--á m̄ 是有佛緣，mā m̄ 是人緣，án-ni 一定是有陰界ê 緣，也就是通靈ê 人，會tàng 牽亡牽尪姨，就lóng the̍h 米錢來拜託缺--á，無論田園買賣iah 是後生、cha-bó͘ kiáⁿ 嫁娶，lóng ài 缺--á 請祖先出來問--1 下，缺--á tī 庄--nih soah ùi 新婦á 變做尪姨。

在來講著新婦á lóng 是leh 講án-chóaⁿ hō͘ 人苦毒，論真來講，缺--á 來到這戶，並無hiah pháiⁿ 命，chhōa 1 個減i 5 歲ê 小弟mā m̄ 是kài chia̍h-kaⁿ ê khang-khòe，有是加減koh tàu 料理灶kha ê tāi-chì iah 是款cheng 牲

á，比tī i ka-tī ê 厝--nih khah 輕khó，無親像人講ê 新婦á 命án-ni，缺--á 這個人有kóa 怪怪，i 對好kap bái 也無siá^{n} 計較，人問i kám 會心悶厝、想pē-á 母á，i 講：

「思念是生成會--ê，pē母就是pē母，生--ê khǹg 1 邊，養--ê khah 大天，lóng kāng 款是pē 母。生做cha-bó͘ gín-á ài 認命，加想是ka-tī 加艱苦--ê niâ，橫直我有辦法beh 看著siáng 就有thang 看著siáng。」

缺--á ê 名聲愈來愈tháu，到i 20 歲ê 時，小弟也15--a，厝--nih 講會sái hō͘ in 合房--a，訂1 個日子beh hō͘ in 完婚。缺--á 講i kā 對方當做ná 像親小弟--leh，i bē tàng kap ka-tī ê 小弟結婚，koh 再講，i mā 知影ka-tī m̄ 是適合結婚ê 人，希望i 永遠是in ê cha-bó͘ kiá^{n}，mā 是1 個好大姊。

講bóng 講，hit 個時代beh 娶bó͘ 無hiah 簡單，缺--á 本底就是人ê 新婦á，性地好，對小弟也就是未來ê 細漢翁婿真體貼，厝--nih 大細kap i 感情mā 真會投機，這款新婦beh去toh位chhōe，堅持缺--á ài照當初ê約束2人sak做堆。缺--á真知影ka-tī是siáⁿ身份來--ê，這時koh講siáⁿ也無lō用，koh講，這pêng ê pē母對i恩情khah大天，koh這個小弟自細漢就是i leh照顧--ê，無缺--á mā ká-ná bē sái ê款，無siáⁿ-sì ê缺--á kan-taⁿ要求完婚hit工希望由in親生pē母來主婚。

自缺--á pun人做新婦á到taⁿ，親生老母bat來偷看缺--á 1 pái，尾--á in老pē講án-ni m̄好，擋無beh hō͘ i koh來，he是缺--á 10歲ê tāi-chì，都也過10年--a，想bē到細漢koh sán ê cha-bó͘ kiáⁿ會變gah hiah súi，koh穿súi tang-tang ê新娘衫，老母歡喜gah流目屎，老pē mā kā cha-bó͘ kiáⁿ chhē，講ka-chài今á日有好結局，i chiah bē hiah艱苦心。缺--á講i無怨siáⁿ人，今á日是beh kap厝--nih做1個會面niâ，i永遠lóng會記得2 pêng pē母ê恩情，mā一直lóng真心悶厝--nih ê兄弟á，想bē到koh有kāng桌食飯ê機會。

缺--á自來講話就怪怪，2 pêng pē母小可á知i ê

性，也無問1個真，想講ta^{n} 都beh 完婚--a，有siá^{n} 話，後pái 真有時間thang 講--leh。2 pêng 親家親姆互相敬酒食桌，lóng lim gah 醉醉，hit 暝lóng tòa tī 親家á chia。

翻tńg 工chái 起，日頭peh 真kôan--a，新娘iáu 未起床，眾人想講beh á^{n} 15歲ê 翁睏有khah thiám，都也無感覺有siá^{n} 奇怪，到beh 晝，新郎起床soah chhōe 無新娘，講是cha 暝就叫i 先睏，i beh 去陪親生pē 母--1 暝，就無koh 入房間。眾人chiah 知影缺--á 偷走--去a。

缺--á 先去南部m̄ 知siá^{n}-mih 所在bih 1 chām 時間，chiah tńg 去kā 養pē 母會失禮，講i 無論án-chóa^{n} 都bē sái kap ná 小弟--ê 結婚，i 事先有感應，這個婚姻會hō͘ 厝--nih 發生不幸，i chiah 會偷走。Hit 時tāi-chì 過kui 年--a，厝內人lóng 原諒--i a，koh 缺--á 講會發生不幸，無人敢無相信，就無koh 追究這項tāi-chì。雖bóng 是án-ni，缺--á iáu 是感覺ka-tī 違背

約束，無做人ê新婦，phái^{n}-sè koh tòa本庄，堅持搬去外鄉，尾--á，就tī góan庄做尪姨，一直到A-chiáng接i ê khang-khòe，chiah koh搬去別位á，mā是做收驚兼尪姨。✍

解運ê故事

Ta̍k 年ê 7--月，台灣真chē 青年學生lóng ài 經過大考，1 pái ê 考試就變做決定未來重要ê 機會。考了好ê 人，有ê 是普通時就認真準備，有ê 是好運，tú 好題目lóng 是有讀--過ê。倒péng ê 理論mā 會sái 用tī 考了khah bái ê 人，極加是講1 句「時--也，運--也，命--也」，就是講時機對lán 不利，是lán ê 運途無好，siáng 叫lán 生成這款命。

運kap 命無kāng 款，運是1時，命是根本，1 世人ê 經歷。命運是講1 時ê 氣運，運命是1 世人ê 命底生成。命若bái，講真oh 解，運若bái，暫時會sái khah 忍耐，m̄-koh mā 有khah 無耐性--ê，kui-khì 就想辦法解運。

我有1 個tī 大學做副教授ê 朋友，我無方便講出i ê 名，暫時稱呼i A 川。I 真相信解運，i ê 一生就是靠解運chiah 完全無kāng 款--ê，che 是i 講hō͘我聽ê 1 個i 細漢解運ê 故事。

A 川年歲kap 我相當，i 是台南hit 方面ê 庄kha gín-á，聽i 講--起來，台南kap góan hia ê 庄kha 差無jōa chē，m̄-koh，in m̄ 是講「庄kha」，in 講--ê 是「草地」。無論庄kha iah 草地，有1 kóa 傳統觀念是全台灣性--ê，尤其是對運命無條件ê 相信kap 對新社會事務ê 固執，kap 我出世ê 庄kha soah lóng kāng 款。In hit 庄號做siáⁿ-mih 名，我mā bōe 記--得，kan-taⁿ 知影是台南beh kap 高雄縣隔界ê 所在，lán 就chhìn-chhái kā 號1 個名講是「溪頂庄」。

A 川in 老pē 老母結婚ê 時，無得著雙方家庭ê 祝福，註定pháiⁿ 運ê 開始。Hit chūn in a-pa tú 退伍無jōa 久，tī 軍中學會hiáu 駛車，無想beh kap 兄弟守tī 草地作sit，就去貨物á 行引做司機ê thâu-lō͘，hit 時iáu 叫做「運轉手」，專門載大豬走台北早市。當時ê 民間社會對駛車這款行業有偏見，認定he 是kôan 危險ê khang-khòe，有時行1 句話講「cha-bó͘ kiá^{n} 無愛嫁運轉手」。A 川in 母--á 體格勇，身材生張lóng 無地嫌，kan-ta^{n} bái tī kha-pô͘ 真大。台灣社會要求女性ê 條件lóng 奇怪，m̄ 是對品德、才能ê 稽考，若有女性講話大嚨喉空，iah 是大kha-pô͘，koh khah hàm--ê，連人ê kha 蹄mā ài péng 來看，講白kha 蹄mā 是kāng 款，lóng 是ka 刀pêng、鐵掃帚，che 是剋夫命。就是án-ni，A 川in pē 母ê 婚姻並無得著雙方家庭ê 接納，2 個新婚翁bó͘ 無愛tòa tī 庄內，去溪頂庄外ê 溪á 邊，chhōe 1 tè 無主ê 埔á 地ka-tī 搭寮á 過日。

過無jōa 久，新娘á 就有身--a，tih-beh 做老pē 當然歡喜，為beh hō͘ bó͘-kiá^{n} 過khah 快活ê 日子，就koh-khah 拚勢。大豬載去台北有一定ê 行情，車駛愈緊，豬á 失重khah 少，而且先到--ê，價數mā khah 好，貨物á 行有獎金制度，piān 若jiok 過1 台載豬á 車，就加發賞金，押車--ê 坐tī ùn-chiàng 邊--á，手

--nih gīm 1 chí 銀票，lia̍h 過1 台車就隨抽1 張惡面--ê，看著錢，ta̍k-ê mā 目chiu 展大蕊，油門就盡量推。Hit 時chūn iáu 無高速公路，省公路加減mā 有青紅燈，到chia 來--a，目chiu 起濁，管待i siá^{n}-mih 燈，連交通--ê mā 無leh kā 信táu，橫直銀票上大，車後壁ê 豬á 愈kò^{n} 是駛愈hiông，tī A 川beh 出世ê 前1 個月，in 老pē tī 苗栗段kui 台車hām 幾千公斤ê 豬chông tùi 山khàm 落，lòng gah mi-mi mauh-mauh，人夾tī 車門，kha 手lóng 斷--去。

這起車厄講好運mā phái^{n} 運，in 老pē 無死，m̄-koh 變做廢人，若死顛倒khah kui-khì，就是án-ni 半ȯchiah 會拖--死人。貨物á 行講是員工ài ka-tī 負責，互相契約gah 真明瞭，無kā 員工請求賠車kap 豬ê 損失就真萬幸--a，nah 有siá^{n} 賠償金。Hit 時ê 勞工無siá^{n}-mih 保障制度，beh 告mā 告人bē 贏。尾手，行--nih iáu 是有意思意思the̍h kóa 慰問金來。

本底女方ê 家庭是嫌運轉手危險性kôan，男方是嫌cha-bó͘ 大kha-pô͘ 剋翁命，出tāi-chì 了後，kui 個溪頂庄一帶lóng 指指tu̍h-tu̍h，講做人bē-sái siuⁿ 鐵齒，若無leh 信命就是逆天。A 川in 老母ài 顧翁koh tio̍h chhōa 幼kiáⁿ，1 個cha -bó͘ 人kan-taⁿ 2 支手骨，未來是長ló-ló，日子m̄ 知beh án-chóaⁿ 渡？Koh 有1 個後生，mā tio̍h-ài i ka-tī chhiâⁿ，步步lóng tio̍h 錢，i 驚hiah-ê 慰問金khai ta--去，後pái 無才tiāu hō͘ A 川讀冊，就去換做金條，藏tī 真秘密ê 所在，無論án-chóaⁿ 都無beh 用chiah-ê 金條。

原本無hiah-nī 相信運命 ê 人，hō͘ 人講久mā 會起giâu 疑，in 母 --á soah 開始感覺 ka-tī kiám-chhái 有影是命底siuⁿ ngī，需要想辦法解運，無論廟寺po̍ah 杯抽籤iah 是安太歲，相命po̍ah 卦，看面相卜鳥á 卦，有人講，就去po̍ah 去求，厝--nih 神明香爐chhāi 比廟--nih khah chē。

A 川自做gín-á 起就ài 顧in 老pē，kā i 飼食，bú 屎la̍k 尿、洗身軀，in 老pē 自車厄了後，感覺ka-tī 1 人

拖累kui家，心情艱苦，本來是bē安心niâ，尾--á soah性地變gah chiok bái，lio̍h-lio̍h--á就siū^{n}-khì，罵bó͘罵kiá^{n}，人講「久病無孝子」，1個7、8歲gín-á當leh愛chhit-thô，叫i kui工tī厝陪伴bē tín bē動ê老pē實在都真煩--a，koh tiā^{n}-tiā^{n} hō͘人惡，免講mā擋bē tiâu，就趁in a母出去做工ê時，偷走去庄內kap gín-á伴chhit-thô。

普通時，溪頂人罕得來到溪埔chhōe這口灶，這工in a母做工tńg--來，soah有cha-bó͘人hoah聲，是庄內1戶舊厝邊，來beh問看A川kám tńg--來a。Hit個人有1個後生kap A川pî^{n}歲，lóng是國校2年á。I講e-po͘ A川有去in tau chhōe in後生sńg，2個gín-á tī hia bih相chhōe，房間內、房間外、灶kha、牛寮sì-kòe bih sì-kòe藏，A川走了後，in翁chiah發現吊tī房間內1領褲，內面有袋幾百kho͘，soah減100 kho͘--去，今á日kan-ta^{n} A川入過hit間房，想beh來問i看有the̍h--去無。

In 母--á 聽1 下險á 暈--去，i 做苦工拖命，koh kâⁿ 1 個半ờê 翁婿，所有ê ǹg 望就是khē tī 這個後生身--上，望i 日後有出脫，nah 知iáu chiah 細漢就會做賊。這時，A 川tú 好tńg--來，未chēng 開嘴就hō a 母嚷，罵i 不受教，厝--nih 老pē m̄ 顧pha-pha 走，koh kha 手賤，án-ni ê gín-á nah有siáⁿ ǹg 望？枉費i 做gah 無星無月，這聲全了然--a！

A 川kā in a 母承認不應該放老pē 倒tī 眠床頂，ka-tī 走去chhōe 同學chhit-thô，m̄-koh 若beh 賴i 做賊，確實有影冤枉，i 無就是無，白白布bē-tàng beh kā 人染gah 烏。A 母講若有做，一定ài 認錯，m̄-thang ngī chìⁿ 無，人tú- chiah 來講gah 真清楚，kui 工kan-taⁿ 你入去過hit 間房niâ，錢也無生kha，ka-tī kám 會行路！A 川講hit 個同學mā 有入去房間，koh hōan-sè 是同學in 老pē ka-tī 錢記了têng-tâⁿ--去。

了後，溪頂庄就風聲pok 影，講這款婚姻ê 結果是jōa 悲慘，連生ê gín-á 都會做賊。In a 母當然相信

A川是hō͘ 人枉屈--ê，m̄-koh 1 嘴講輸9 舌，人就是認定A川kā 人偷the̍h 錢，che 是真臭名ê tāi-chì。In 母--á 愈感覺運命對i 實在無公平，i 1 世人無做siáⁿ-mih sià-sì tāi，kan-taⁿ 生1 雙大kha-pō͘ niâ，結婚了無1 項順事，che tiāⁿ-tio̍h 有原因，mā ài 想辦法解這款惡運。

Tú 好庄--nih 來1 個師父，講專門leh kā 人解運khàm 運，母--á 緊去請--來。師父講：

「運是天註定--ê，若解會開，就是逆天。我無leh kā 人解運，m̄-koh 會sái khàm 運，kā pháiⁿ 運暫時khàm--起來。」

A 母真歡喜，ka-chài tú 著gâu 人，問師父khàm 1 kái 運tio̍h 收jōa chē 錢。師父講i m̄ 是靠che 生活，是義務做善事，無收錢，若ka-tī beh 意思意思添1 個油香，he 隨在--人。當場a 母就請i 替kui 家人lóng khàm 運。師父講1 kái chiah 會sái khàm 1 個，hiahⁿ 1 領beh khàm ê 人穿--過ê 衫á 褲，hām 金á khn̂g 做夥，用法

器khàm tiâu--leh，經過七七49工了後，惡運自然就khàm 掉，了後chiah koh 換khàm 另外1 個，tāi-chì bē-sái 急。Koh 解說講：

「真金m̄ 驚火，用金á tī 法器內底煉，án-ni，chiah chih-chat 會tiâu，若別項物kiám-chhái 會hō͘ 法火鎔--去，惡運就khàm bē tiâu。」

A 母講in 翁á bó͘ 運途lóng 無好，m̄-koh 這chūn 1 個是kan-taⁿ 會tàng 倒tī 眠床頂，i ka-tī 是做工趁錢無暝無日，iáu 是sī 細khah 要緊，A 川hiah 細漢就hō͘ 人誣賴做賊，運有夠bái，ài 先khàm。當場就theh 1 領A 川ê 衫hām i 藏幾年ê 金條 khǹg tī 師父ê 法器下kha，師父koh 念咒用符á 貼ân-ân，講49 工後chiah 來收法器，換khàm 別人。

Hit 個師父當然就無koh tī 庄--nih 出現，金á mā hō͘ i 用手法蛻(thòe)--去，he 法器根本就是鉛phiáⁿ 做--ê。

這款欺騙ê 手法tī 這時ê 社會大概bē 通，m̄-koh beh 40 年前ê hit 個時代，人kap 人ê 關係iáu koh 真互相信賴，chiah 會發生這款tāi。A 川講in a 母自金條hō͘ 人騙(pián)--去，哭幾nā 工了後，講tio̍h-ài koh-khah kut-la̍t 做工，無論環境jōa bái，i lóng beh chhiâⁿ kiáⁿ 讀冊，無金條mā 會sái koh 儉koh 趁，當然koh 來，就無koh sì-kòe chhōe 人beh 解運消災--a。

A 川做結論講，in tau ê 運確實解--a，hit 個tāi-chì 對i 一生影響真大，看a 母án-ni 傷心，koh hiah 信任--i，i 決志講這世人絕對bē koh 偷the̍h 人ê 錢--a。✍

大崙ê a 太kap 砂鼊

我是都市ê 遊民，tī 巢窟人工ê 燈火下，phak tī P.C.ê 頭前1 音1 字寫作，頭殼內tiāⁿ-tiāⁿ 有故鄉ê 形影，beh 入góan 庄ê hit 粒大崙，tī 我ê 記智內是hiah-nī 神祕……。

我ê 故鄉是1 遍平洋，無kôan 山kap 樹林，kan-taⁿ tī beh 入庄ê 所在有1 粒山崙á，ùi 落員林客運ê 橋á 頭（原斗）街á ǹg 南，koh 行15 分鐘久就看會著hit 粒崙，góan 竹圍á 庄人稱呼做「大崙(Tōa-lūn)」。這粒崙是tī 竹圍á beh 去橋á 頭ê 中途，kui 粒崙占無1 甲地，kôan 度mā 差不多500 C.M.，3 人kôan ê 款，tī 這tè 平洋算是khah顯目ê 地標。

作sit 人kài 儉物，有lō 用ê 土地tiāⁿ-tio̍h m̄ 甘放i pha 荒，本底ê 田岸，人會tàng 擔秧á koh 用走--ê，chit-má e̍h gah 連空手行路都驚會跋落去田底；田岸雙pêng ê人，lóng想beh加犁1 bô͘稻á地出--來。古早話講「相讓有chhun，相搶無份」，ùi田岸á ê e̍h闊變遷就thang知影。親像這款個性ê庄kha人，nah會放這粒崙á tī hia êng？

這附近ê田園算台灣出名ê chhek倉，1甲當lóng 10外割，塗質真肥，tī中央nah會有這粒砂á質ê崙á？地質學上kiám-chhái有khah合理ê解說，崙á頂kan-taⁿ nâ-tâu kap菅蓁，koh有kóa jūn命ê雜草，chhun--ê就生bē出--來。若m̄是án-ni，我相信經過這幾千百年來，崙á早就hō͘作sit人犁做平地去播田--a。講是án-ni，崙á邊iáu是有1 tè lio̍h-á khah平--ê hō͘人the̍h去做種塗豆ê利用。

做gín-á時代，我感覺崙á真kôan，ta̍k年ê清明，góan kui家夥á lóng會去pōe墓，我有時á會tìⁿ peh bē起--得，sai-nai愛隔壁ê a姊--á kā我āiⁿ，phak tī kha-chiah-phiaⁿ鼻cha-bó͘ gín-á特別ê頭鬃味，變做我ta̍k年去pōe墓ê意愛。Góan ê祖墓m̄是tī大崙，是

tī ǹg 南ê 另外1 tè 塚á 埔，這tè chiah 是góan 庄--nih ê 公有墓地。大崙是tòa 街--nih 長老教會信徒ê 祖墓，in ê 墓起造了khah súi，有khah 藝術ê 造型，無khah 輸崙頂1 座公園，比--起來，góan 庄非信徒ê 墓khah 陰，驚人驚人。Góan a 太，我講--ê 是cha-bó͘ 祖太，嫁過2 個翁，頭1 個姓林，hit 個時代是平埔漢化ê 尾期，cha-bó͘ iáu 是真缺，góan a 太是真khiàng-kha ê cha-bó͘，有傳統平埔女性ê ngī-chiaⁿ，姓林--ê 過身未滿忌，就koh 嫁góan cha-pơ 祖太。為著án-ni，góan a 太過身，m̄ 知beh kap siáng tâi 做夥，soah 變做2 姓oan-ke-niû-chè ê 事端。尾--á，kui-khì kā a 太tâi tī 大崙，2 個翁婿lóng kui 百年孤單睏tī 陰溼ê 塚á 埔，góan pōe 墓mā soah tio̍h pōe 2位所在。我chhiâng-chāi leh 想，góan a 太嫁2 個翁，到死soah 無1 個會tàng 守tī 身邊，台灣話講「chē kiáⁿ 餓死pē」，kám 會sái 講「chē 翁孤khut 地」？孤khut tú 好有2 個意思，孤tâi 1 窟kap 孤單lóng 會sái。

Tī 我pha 荒ê gín-á 時代，錢是上kôan ê 價值，萬項lóng 講錢，liah niáu 鼠tok 尾liu 去交也有錢；Khioh chhek-á、khioh 番藷換錢；Pháiⁿ 銅舊錫lóng thang 換錢換麥芽膏。我讀二年á ê 時，聽講有1 種砂鼈，滴滴隻á kiáⁿ niâ，1 隻hán 講有人收5 角銀。這種鼈藏tī 砂á 內，免用器具，空手就liah 會著，koh hán 講有同學1 e-po 就liah 10 外隻，賣beh chiâⁿ 10 khơ。Hit 時ê 工價，góan a-pa 去kā 人so 草，1 po chiah 6 khơ niâ。Góan hit khơ 圍á kan-taⁿ 大崙有砂，hit 個同學的確是去大崙liah--ê。

Hit 工放學ê 時，添原--á kap 清祥招我去大崙liah 砂鼈；添原in tau 是長老教會落教--ê，清祥in tau tī 街--nih 開1 間漢藥房，是我國民學校ê 讀冊件。清祥講鼈是漢藥真補ê 物件，砂鼈大概也是人買beh 去食補--ê。添原講in ê 祖墓邊bat 看過有砂鼈，góan 若1 人liah--幾隻á，就會tàng 合稅kui 部ê ang-á 冊『地球先鋒號』，tak-ê âⁿ-kap 看。

Góan 去kám-á 店討1 個按算beh té 鱺ê àu 銅管á，講是討，實在是趁頭家無注意ka-tī the̍h--ê。出發ê時，beh熱--人日頭khah長，4、5點á 日頭iáu真mé，到水chhiāng 邊，góan 有橋m̄ 行，thiau-kang peh 過水chhiāng 枋，我本底就無siá^{n} 膽，枋á e̍h-e̍h，m̄ 敢行，用爬--ê，愈爬愈驚。添原koh 一直kā 我há^{n} 講「跋--落a」，我 tio̍h 驚chiâ^{n} 實跋落溝á 底，ka-chài 溝á 水真清，無 la-sâm ê 物，kan-ta^{n} 衫á 褲tâm--去niâ。清祥講我驚lia̍h 無砂鱺先去lia̍h 水鱺，m̄ 知有lia̍h 著幾隻？添原 soah 講我tâm-lok-lok 就ná 像tú ùi 水底bùn--出來ê 水鱺。

行無10 分鐘，風leh 吹，日頭koh leh 曝，隨就ta--去a，愈行soah 愈感覺涼涼。清祥講beh 翻頭tńg 去水底浸--1 下；添原--á soah leh kā 我討功勞，若m̄ 是i há^{n}--我，我ná 會有thang hiah 涼！

路邊ê 稻á tú leh bāng 花，了後就等beh 大腹tó͘ 結kūi。有時á 會有竹雞á tī 田--nih 走跳，an-thûn-á 也

會來生卵，khơ-toaⁿ ê 聲沉沉。Góan 本底有想beh 落去liah，清祥講iáu 是趁日--時去liah 砂鱉，mài hō͘ 別項物siâⁿ--去。

砂崙á 頂tiām-chih-chih，nâ-tâu 籽真成王梨，精差khah 重khah 大粒。添原in ê 祖墓真大門，頂頭有1 kóa 奇怪ê 豆菜芽á 字，無親像góan 庄--nih ê 墓寫「穎川」「西河」hit 款字。墓邊真正有1 遍砂á 地，這時iáu 燒燙燙，góan 褪赤kha，ná chhek 鳥á ná 行ná tiô，beh nah 有法tō͘ chhōe 砂鱉？清祥建議講先等--1下，砂khah 冷chiah liah。菅蓁á 內有幾叢蘆竹，góan 取幾節來做phín-á，冊phāiⁿ-á 內有削鉛筆ê 番刀á，用來挖空tú 好。添原in tau 隔壁有基督徒兼整西樂隊，專門送人出山用--ê，i 也就會hiáu kóa 音律，教góan pûn 出山ê 送死人歌，tī beh 暗á 時ê 墓á 埔pûn 這款歌，算也有合時合所在。

崙頂ê 砂á 地有幾nā 位，góan 起頭是kāng 位chhōe 砂鱉，真久lóng 無看著gah 1 隻，尾--á góan 分開，1

人1位，我真自然就揀khah熟sāi ê路草，行tùi a太ê墓壙hit pêng去。天色tńg暗，紅霞kiu gah chhun 1絲á，ká-ná天邊hō͘人抓破皮，血水1眉á kiáⁿ niâ，koh 1時á就lóng暗--a。夜霧罩--落來，墓壙1崙1崙，ná有ná無。添原kiám-chhái liáh無砂蠶起phàn，kui-khì tī hit pêng pûn蘆竹phín-á，kāng款是送出山ê哀歌，bē輸beh kā睏幾百十年lóng bē醒ê死人叫起床。

我kài成有看著1隻砂蠶sô入去砂á內，就tòe痕跡chhōe--過去，看無siáⁿ有，用感覺去摸，ná爬ná摸，我爬到1門墓壙邊，就chhōe無砂蠶ê痕跡。這時，暗霧ê墓壙頂，ká-ná有人影出現，是1個老cha-bó͘人，纏頭巾，pō͘檳榔，手--nih有1支長長ê竹薰炊。I用溫柔ê聲sàu講：

「A舍，砂蠶bih tī插青ê研á邊。」

Tī góan hia有真chē墓是漢人kap平埔綜合式--ê，有漢字ê堂號，墓邊koh有hō͘拜祖ê人插青，親像竹枝、蔗尾、樹oe這款ê研á。我未赴想就去研á下摸，真正jîm 著1 隻砂鼈。我hiông-hiông 想著hit 個cha-bó͘ 人m̄ 知是siáng，nah 會知影hia 有砂鼈？Nah 會知影我ê 小名「A 舍」？我是大孫，出世就hō͘ a 公當做金孫，叫我「A 舍」，就是「公子、少爺」ê 意思，這個名，kan-taⁿ góan tau ê 人án-ni 叫niâ。

清祥kap 添原lóng 無liàh 著砂鼈，kan-taⁿ 我liàh 1 隻。清祥講chiah 1 隻，賣無幾角，先飼--leh，若in koh liàh 有，chiah 做夥去賣。Góan 為beh 趕tńg 去食暗，就3 人分2 路，我ka-tī kōaⁿ hit 個té 1 隻砂鼈ê 銅管á tńg 厝。

Hit 暗，góan i--á 用掃梳錦á kā 我sut，講我放學無隨tò 厝，也無先講--1聲。I--á 是góan hia 叫「a 母」ê 稱呼，聽講是平埔語，我mā m̄ 知1 個確實。罰我餓1 頓bē-sái 食。到半暝，我睏lóng bē 落眠，m̄ 知是腹tó͘ iau iah 是hō͘ 人phah 哭了過頭。眠眠ná 睏ná 醒，lóng 會想著hit 個纏頭巾pok 薰食檳榔ê 老cha-bó͘，用紅紅ê 嘴唇leh kā 我笑，笑我食gah hiah 大漢，koh hō͘ a-i phah。

我péng 來péng 去，i--á 伸手來kā 我摸頭殼額，chiah 知我leh 發燒，緊起來the̍h 藥包á hō͘ 我食。A 公mā 精神，m̄ 甘--我，罵góan i--á phah--我，i ê 金孫A 舍nah 會sái phah！Góan a-i hō͘ 人罵gah 哭，我soah 真m̄ 甘。

我燒幾nā 工lóng bē 退，a-pa 去學校請假。叫赤kha 仙á phāiⁿ 藥箱á 來注射mā bē 退。尾--á 請尪姨「缺(Khoeh)--á」來kā 我收驚，用碗té 米té 尖尖，包leh 布內　，用香tī 尖圓ê 布面ná 念咒ná 回，了後布tháu 開，看米面ê 圖樣解說。缺--á 講祖靈leh 顯，有話beh 交帶。問我有tn̄g 著siáⁿ-mih 生分人--無？我kā tī 大崙lia̍h 砂鼊ê tāi-chì 講--出來，講tn̄g 著老cha-bó͘ ê tāi-chì。A 公講hit 個是i ê a-má，也就是我ê a 太，1 在生leh hōaⁿ 手頭，是góan tau ê 頭人，i 真興pok 薰pō͘ 檳榔。缺--á 講án-ni 就tio̍h--a，a 太講i 真孤單，在生嫁過2 個翁，死了後soah 無1 個kap i 睏做夥，透過

我這個大kan-á-kan 孫beh 討翁；是m̄ 是ài 徙墓khioh 骨？

Góan 家庭會議講beh khioh 奉金甕á，kap 林--家hit pêng 講和，2 個cha-po͘ 祖太ê 骨頭kap góan cha-bó͘ 祖太khioh 做夥，tâi-tâi 做1 甕，化解2 姓幾代ê 恩怨，góan a 太百年了後，也得著2 個翁婿ê 諒解，tī 奉金甕內唱「雙人枕頭」。

我好--去了後，koh 去學校，清祥kap 添原講hit 工tńg 去厝mā lóng 有食著筍á 炒肉絲，m̄ 敢koh 講beh 去liàh 砂鱉，mā 無愛kā 我講是siáng leh 收買砂鱉。

我hit 隻砂鱉飼幾工了後，tī 1 個有紅霞ê beh 暗á 時，我專工liàh 去大崙放生。✍

Chéng 甲花

趁hioh 春假kap 學生Tîm-bî 去i ê 故鄉茄萣(Ka-tiāⁿ)á chhit-thô，hia ê 人講話有2 個特色，頭1 項是kap 鼻腔kāng 款--ê，便若有「chh」ê 聲母in lóng 講做「s」，「七」讀做「sit」，「車」講是「sia」。另外1 個特色是慣勢tī 話尾加1 個「tah」，親像講「來坐--tah！」「你beh 去toh 位--tah？」。我感覺真心適，m̄ -koh 這篇m̄ 是beh 講che，是我tī hia hit 工，Tîm-bî 爲beh 上台表演，請1 個專門sì-kòe leh kā 人修chéng 甲ê cha-bó͘ 來in tau，我hiông-hiông soah 想著góan 故鄉ê hit 蕊chéng 甲花。

庄kha 人有1 句話講「清氣就súi」，講--來che mā 是庄kha 作sit 人ê 艱苦，tī 青春好年紀ê 少年時代bē 愛súi--ê 無chē，總--是bē tàng 穿gah súi-tang-tang 去覆tī 田--nih ê lo̍k-kô͘-môe-á 內kap 雜草、lô 水、báng 蟲

chhia 拚，súi hō͘ 白鴒鷥看iáu koh 講會得過，súi hō͘ chiuⁿ-chî 蟲thōa 看有siáⁿ 意思？1 身軀súi-súi 去到田--nih 園--nih 會tàng súi jōa 久？Tio̍h-ài tú 著免落田，去廟--nih 燒金、看戲，iah 是有tāi-chì 去街--nih chiah 會想beh 穿1 軀khah súi--ê。Tī 這款時代kap 社會，美容師這類--ê tī 庄kha 草地所在，應該oh 趁有食。

若講án-ni，khah 早A-chiáng 是beh án-chóaⁿ 過日？A-chiáng m̄ 是góan 庄ê 人，i ê 身世我mā 無真知，知影講便若庄--nih 有人beh 嫁cha-bó͘ kiáⁿ iah 是hō͘ 人相親chiâⁿ、teh-tiāⁿ 就會來，i 是專門leh kā 人修chéng 甲兼挽面--ê，hit 當chūn iáu 無「美容師」這款詞，kan-taⁿ 叫i 修chéng 甲--ê iah 是挽面--ê；挽面khah 少，真chē 老1 輩ê cha-bó͘ 人ka-tī 就會hiáu 挽面，ke-si koh 簡單，1 條線niâ。修chéng 甲就ài khah 專業，ka chéng 甲、修甲邊liuh chhoaⁿ ê 皮á、甲磨hō͘ 圓koh 漆chéng 甲油，ùi 手到kha lóng tio̍h，ke-si thâu-á li-li khok-khok kui 套齊全。這時ê cha-bó͘ gín-á kiám-chhái lóng ka-tī 有chhôan 1 套，hit 個sàn-chiah ê 年代，罕得有人hiah chhiau-hoa。

A-chiáng in tau 大概m̄ 是作sit 人，chiah 會去學這手工夫，i leh kā 人挽面聽講bē siáⁿ 疼，修chéng 甲mā 真斟酌，thang 講是「chē 人o-ló 無聽過人嫌」，hit 時khah 保守，chéng 甲油ká-ná chiah 1 色紅--ê，無親像這chūn 花pa-lih-niau，siáⁿ-mih 色水都有。Góan 做gín-á ê 時tiāⁿ-tiāⁿ 辦ke-hóe-á sńg 妝新娘，無紅chéng 甲油就用做紅龜粿ê 紅番á 米準chéng 甲油，有tang 時á 紅番á 米thėh 無tioh，mā 會去khau 1 種草á 花ê 心，漆tī chéng 甲頂猶原真紅真豔，這種花góan 就講是「chéng 甲花」。Góan tau 厝宅ê 4 khơ-liàn-tńg 種1圍燈籃á，燈籃á 花mā 紅kì-kì，花心有lioh-á 黃，漆tī chéng 甲頂mā 紅koh súi，有時á góan mā kā 燈籃á 花叫做「chéng 甲花」。

我5 歲iah 6 歲ê 時，有1 個e-pơ 時頭á，tī 溝á 邊刺竹á kha kap 1 tīn gín-á leh chhit-thô，我kā 1 個扮做新

娘ê 客人cha-bó͘ gín-á 漆chéng 甲花，tú 好看著A-chiáng tùi chia 過，i 無tiu^{n} 無tî soah 行óa--來，看我chek 燈籃á 花心kā 衫tò͘ 紅--去，phah 開i té ke-si ê 鉛phiá^{n} 盒á，the̍h 出1罐真正ê chéng 甲油，叫我kā 手伸--出來，講我ê 手真幼秀，若漆chéng 甲油落--去，tiā^{n}-tio̍h 比cha-bó͘ gín-á 手khah súi。我驚人笑，m̄ hō͘ i 漆。I 講我ê 手真正是藝術家ê 手，後pái 大hàn 會有真chē cha-bó͘ gín-á 愛牽我ê 手。當時，我實在m̄ 知「藝術家」是siá^{n}-mih 物件，我ê 志願是beh 做poa^{n} 布袋戲ê 頭手師父，自gín-á 時，我就真愛講古hō͘ gín-á 伴聽，若做布袋戲，會sái 講hō͘ khah chē 人聽。

庄頭無到100 戶，大細項tāi-chì ta̍k-ê lóng 知，ta̍k 年lóng 1 半戶á 有cha-bó͘ kiá^{n} 做--人iah 是嫁--人，就會看著A-chiáng 來，hit chūn 無電話，mā m̄ 知是án-chóa^{n} 去通知--i ê。I 騎1 台26 吋ê cha-bó͘ phā^{n} 車，照這時ê 講法應該是「淑女車」，穿e̍h 裙踏鐵馬，姿勢真好看，庄內sah^{n} 著i ê 少年家á 聽講oan-na 有--幾個á，

人講「súi bái oh 比止」，che 先mài 講，tī 庄kha 親像A-chiáng ta̍k 工穿súi-súi koh 免落田作sit 曝gah 烏koh 皮膚粗--ê 就無tè 取--a。總--是，附近幾個庄頭無1 個少年家hō͘ i 看會上目--ê，m̄ 是講i jōa 苛頭看庄kha 人無目地，i 實在是驚嫁hō͘ 作田人。

Góan 厝後有1 個少年家，名叫做「勇--á」，i ê 名號了有合，人是生做lò-kha 有pān，生張koh 將才，tī 少年輩--ê 內底，人品是一粒一--ê，in a 姊寶猜--á beh 嫁去蘆竹塘ê 時有chhiàⁿ A-chiáng 來修chéng 甲，了後，勇--á 就去sahⁿ 著頂八卦，央hm̂ 人婆--á 去講幾nā chōa，A-chiáng sian 講都m̄ 肯。I 拜託hm̂ 人婆--á 寄話kā 勇--á 會失禮，講i 確實無想beh tòa 庄kha 作田，m̄ 是嫌勇--á 有siáⁿ bái--處。Hit 個hm̂ 人婆--á 真o-ló A-chiáng，講i 做人有影chán；若有siáng ê 後生cha-bó͘ kiáⁿ 想beh chhōe 對象嫁娶，A-chiáng 幾個庄頭穿來穿去，消息上精光，i lóng 會報hō͘ 這個hm̂ 人知。有人問A-chiáng nah 會無愛兼做hm̂ 人，

紅包趁--ê 比kā 人修chéng 甲tiāⁿ-tio̍h khah 有額；I lóng 應人講ka-tī iáu 未嫁，kā 人做hm̂ 人m̄ 好，koh 再講，1 人1 途，khah bē 去lòng 破別人ê 飯碗。就是án-ni，hm̂ 人婆--á chiah 會講話lóng 爲--i。

Góan 厝邊A 月á 姊hēng 大餅hit 工，知影A-chiáng 會來修chéng 甲，我專工tī in 門口庭尾等beh 看--i，等i ùi A 月á ê 房間出--來，看著我，嘴笑目笑叫我1聲「藝術家」，koh 問我有入學--未。我應i 講ài 等明年9--月，m̄-koh 我會hiáu 寫ka-tī ê 名--a。I koh kā hit 個鉛phiáⁿ 盒á the̍h--出來，我想講koh 是beh kā 我修chéng 甲、漆chéng 甲油，就beh soan，i soah ùi 盒á 內the̍h 1 個大餅出--來，講是A 月á ê 餅，peh 1 tè hō͘--我。我愛食餅，m̄-koh hit chūn ê 大餅lóng 是肉餅khah chē，肥肉包tī 餅內底，食chē 會ùi，我kā i 講khah 興食豆沙餡--ê。I 笑笑講後個月人beh 來kā i teh-tiāⁿ，i 會hoan 咐講ài 有幾斤á 豆沙--ê，mài lóng kan-taⁿ 肉餅，koh 問我kám 愛食冬瓜糖？

A-chiáng beh 嫁--人a，我雖bóng iáu 是細漢gín-á，心肝頭soah 有kóa 講bē 出--來ê 刺鑿，比我khah 鬱卒--ê是勇--á，i 這pái無死心mā bē sái--得。講--是án-ni，i iáu 是m̄ 認輸，去A-chiáng in 庄--nih 探聽看是siáng hiah好運thang 娶著這個chiah súi ê 姑娘á。Hit 個cha-po͘ gín-á in tau mā 是作田人，m̄-koh gín-á 是讀高農出業--ê，tī 農會leh 食thâu-lō͘，人真斯文款，kap A-chiáng 算有sù 配。勇--á 到chia 來--a，火燒罟寮，無gah 1 sut-á 希望（魚網），無幾工niâ，lò-lò ê 漢草做1 下khiau-ku--落去。

Tih-beh 做新郎ê 這個農會職員，爲慶祝娶著1 個溫純ê súi bó͘，專工去hak 1台o͘to͘bai，代替上下班騎ê 鐵馬，有時á 專工se̍h tùi góan 庄--nih 來，he 是我頭pái 看著Vespa 這款紳士型ê o͘to͘bai，A-chiáng 坐tī 後斗，長頭鬃hō͘ 風吹tín 動，真phāⁿ！我真想beh 坐看māi--leh，m̄-koh 心肝內對hit 個好運ê 人有kóa n gāi h - g io̍h ，顛倒l e h 同情勇- - á 。

A-chiáng 自做--人了後，就kā hit 個鉛phiáⁿ 盒á 收--起來，講i 無beh koh kā 人修chéng 甲，i 上ơ̍ 尾1 擺是修i ka-tī ê chéng 甲，等嫁了，hit 套ke-si thâu-á beh 留leh ka-tī 做自家用--ê。I 做這途--ê，原本就ta̍k 工kā ka- tī ê chéng 甲修súi-súi koh 漆紅紅，góan 庄--nih ê 少年家á kha-chhng 後lóng 就稱呼i「chéng 甲花」，罕得講i「A-chiáng」ê 名。

A-chiáng 照約束kōaⁿ 1 盒豆沙餅來hō͘--我，koh 寄我1 盒餅講愛我轉hō͘ 勇--á，i pháiⁿ-sè ka-tī kōaⁿ 去hō͘--i，若無，bē 輸leh 躪躂--人leh。我當i ê 面peh 1 tè 餅食，無tāi無chì 目屎soah lìn--落來。I 問我nah 會leh 哭，kám 餅無合我ê 味？我mā m̄ 知leh 哭toh 1 條理，kám 是替勇--á 心酸？Iáu 是替我ka-tī leh 悲傷--ê？我chiah 1 個iáu 未讀國民學校ê gín-á niâ！

Tī 完聘了個外月ê 時，hit 個beh 做新kiáⁿ 婿--ê soah 騎ơtơbai tī 街--nih kap 1 台貨物á 車相lòng，iáu 未送去到病院就斷氣--a。聽講A-chiáng ka-tī tiàm 厝內háu

幾nā 工，cha-po͘--ê beh 出山ê 時，i 穿hit 軀本底做新娘chiah beh 穿ê súi 衫，chah hit 個té ke-si thâu-á ê 鉛phiáⁿ 盒á 去到式場，當眾人面前修chéng 甲、漆紅chéng 甲花，kā 無緣ê ta-koaⁿ-á 要求beh 用「未亡人」ê 身份送上山頭，ta-ke kap ta-koaⁿ lóng m̄ 肯。事後，有人風聲講是對方牽拖A- chiáng 命siuⁿ ngī 去剋著in 後生，chiah 會連後生死後都無beh hō͘ 入門。Mā 有人講是雙方面ê sī 大人參詳好--ê，死--ê 都死--a，mài 去連累這個iáu 未入門好姑娘á ê 終身。我khah 相信尾後這個理由。

自hit 時起，A-chiáng 就真正無leh kā 人修chéng 甲，出門mā lóng穿gah 素素，連3 年後i 嫁hō͘ 勇--á ê 時，手chéng 頭á 尾都無看著漆紅紅ê chéng 甲花。

✍

牽尪姨

A 忠是勇--á ê 好朋友，自做gín-á 時代，A 忠ê 牛káng leh siáu，拚勢pà，勇--á jiok 著牛koh kā 擋--起來，ùi 牛kha-chiah-phiaⁿ kā 驚gah 半小死ê A 忠救--落來了後，2 個就ná 師公á sēng 盃，褲帶結相連。勇--á 人勇漢草粗，自來是m̄ 知thang 煩惱ê 人，kiàn 若看--著lóng 是1 支嘴á 笑笑，極加是面á 柴柴chhoh-kàn-kiāu--2 句，tāi-chì 就過--a，nah 知這幾工，tak pái 見面都目頭kat-kat，有影真替i 擔憂。

勇--á 是舊年娶bó͘--ê，in bó͘ 叫做A-chiáng，tī 嫁翁chìn 前是專門sì-kòe leh kā 人修chéng 甲兼挽面--ê，結婚了就無做--a。本底A-chiáng 無beh嫁hō͘ 庄kha 作sit 人，運命作弄，姻緣有時是註好好，真oh 走閃。

娶著這個人稱呼做「Chéng 甲花」ê súi bó͘，勇--á 真kā 疼惜，田園粗重ê khang-khòe lóng m̄ 甘hō͘ i bak，ka-tī ngī 做。有人笑i 講：

「娶súi bó bē 輸庄kha 人hak 1 軀新sebiloh（背廣），phā^{n} 是phā^{n}--lah，精差用bē 著，khē tī 厝--nih 看幌--ê。」

I 也bē siū^{n}-khì，文文á 笑，應人講：「講bóng 講，厝內有sebiloh thang 看幌，免穿kan-ta^{n} 心情就爽。」

A-chiáng 會sái 講是勇--á 上寶貝--ê，kui 年來，A 忠知影勇--á 無惜艱苦，kan-ta^{n} 想beh hō in bó 有1 個khah chiâ^{n} 樣ê 日子thang 過，照講這chūn 無應該看著這款憂頭kat 面chiah tio̍h！問--i koh 無愛講，實在hō 人替i 煩惱。

庄內有1 個叫做缺--á ê 老cha-bó，m̄ 知beh án-chóa^{n} 講i ê 身份，無田thang 作，m̄-koh 生活koh iáu 會得過，i 是專門leh kā 人牽尪姨兼收驚--ê。這個時代，tiā^{n}-tio̍h 有人m̄ 知這款行業對古早台灣人ê 意義，請hō 我這個講古--ê 兼辯士，加話做1 個á 解說。尪姨應該是平埔族風俗慣勢ê 1 種身份，tī 現代語叫做

「通靈ê人」，替人kā tú死無jōa久ê親人牽來面會講話叫做「牽亡」，若死真久--a，iah是講kap對方無siá^{n}親chiâ^{n}關係--ê beh引來問話就講是「牽尪姨」。收驚是「小兒科專門」，gín-á tio̍h驚mà-mà-háu，bē食bē睏無1個tiā^{n}-tio̍h，tī醫療無hiah發達ê時，就chhōa去hō͘人收驚。免食藥、無注射，bē苦bē痛，kan-ta^{n} té 1碗米尖尖，用gín-á穿--過ê衫包tiâu--leh，抱gín-á去。收驚ê人點3叢香tī尖圓ê碗面徊，嘴--nih念咒，了後kā衫tháu開，看米面ê圖樣解說，講gín-á是去hō͘ siá^{n}-mih驚--著iah是煞--著。牽尪姨有收紅包禮，無現金mā會sái用送物件代替；收驚無收診費，hit碗米就是謝禮。若tī現代，尪姨應該講是古早ê後現代資訊業，電腦網路mā無法tō͘ hō͘陰陽界互相通phoe。收驚--ê當然屬tī是醫師公會。缺--á無播gah 1釐地，1年thàng天就是米甕m̄-bat空--過，講--來，業務iáu算穩定。

缺--á tòa tī溝下庄á尾，勇--á in tau是tī溝頂庄á

頭，A-chiáng 本底kap 缺--á 2 人bē 行gah hiah 捷。有 1 pái，缺--á beh 出庄去kā 人牽尪姨，tùi 勇--á in 門口庭尾過，hit 工日頭真猛，A-chiáng 想講hit 套kā 人修chéng甲、漆chéng 甲油ê ke-si 久無用，自嫁勇--á 了後，i 就無koh 靠這途賺食，ka-tī mā m̄-bat 用--過，驚生菇，就phah 開tī 庭--nih 曝，缺--á 看--著，真kah-ì，翻頭tńg--來ê 時，專工入去chhōe A-chiáng 講話。

庄kha 人無論cha-po͘ cha-bó͘ lóng tio̍h 作田顧園，連面都bē 顧得súi，nah會有êng 工kap 條件thang 管gah chéng 頭á--去，A-chiáng 雖bóng in 翁勇--á m̄ 甘hō͘ i kō͘ 塗bak 水，總--是khah 輕khó ê 厝庭khang-khòe mā 會tàu 做，koh 有結婚前ê 1 層緣故，soah ka-tī 有hit 副修chéng 甲漆chéng 甲油ê ke-si mā 無leh 用。獨獨這個缺--á，做尪姨原本就有kóa kap 人無kāng ê 妝thāⁿ、穿chhah，koh 免作sit，當然會想beh kā chéng 甲妝--1 下，就ko͘-chiâⁿ A-chiáng kā i 修，koh beh 漆怪

色ê chéng 甲油。

Chhím 開始，A-chiáng 講i 無beh koh kā 人修chéng 甲--a，尾手，缺--á kap i 條件交換，講若kā i 修chéng 甲，無論A-chiáng 想beh kap 死jōa 久ê 人講話，i lóng 有法tō͘ 召--來。A-chiáng tī iáu 未嫁勇--á chìn 前，有kap 人戀愛--過，mā 有送大餅kōaⁿ-tiāⁿ--a，nah 知soah 出車厄夭壽--去，m̄ 知i 這時tī 陰間過了有好--無，mā m̄ 知i 有歡喜這個無緣ê bó͘ 嫁hō͘ 勇--á 無？真想beh kap i 講話問1 個真。缺--á 講牽尪姨m̄ 是chhìn-chhái 就牽有，ài 揀時揀所在，koh tio̍h 用真chē 項道具，叫A-chiáng 等2 工後，月niû 無光ê 暗暝，chiah 去溝下庄尾chhōe--i。

在來A-chiáng 真罕得出門，上chē 是tńg 去後頭厝，lóng 會叫勇--á 伴--i，庄kha 人若m̄ 是巡田水，mā 無人三更半暝leh 出門--ê，A-chiáng nah 會固定1 個月lóng 會有1暗，等勇--á 睏--去就出--去。Hit 暝，勇--á beh 睏chìn 前茶灌siuⁿ chē，半暝peh 起來放尿，chiah 知影in bó 無睏tī 眠床頂，厝內、厝前厝後lóng chhōe 無1 個人影，愈chhōe 想愈無。翻tńg 工精神，A-chiáng kāng 款早頓款燒燒等i 食，也無講cha 暝走去toh 位ê tāi-chì。Koh 來幾工，暗時lóng 真正常，勇--á 1 時soah giâu 疑kám 是hit 暝ka-tī leh hām 眠？

幾個月後，勇--á chiah 知影A-chiáng 1 個月會偷走出去1 pái，lóng 是Lán-lâng 月底ê 半暝，i soah giâu 疑in bó kám 是外口討契兄，m̄-koh A-chiáng 在來都hiah 溫純，對勇--á mā 真貼心體貼，thài 會án-ni？Che 就是勇--á 憂頭 kat 面ê 原因，i 是beh án-chóaⁿ 講hō͘ A 忠知？

有1 暝，勇--á 專工m̄ 敢睏，等in bó 起床，就iap 後kā 尾行(bí-hêng)，tòe 到溝下，beh 出庄--a，看i 行入去缺--á in tau，奇怪，房間內koh 點蠟燭á 火，缺--á 出來開門，A-chiáng 無講話就入--去，分明是約好--ê，kám 講缺--á 提供場所hō͘ 契兄hóe-kì 做

sán-khùi^{n}？勇--á 1 時liah 狂，想beh chông 入去liah 猴，koh 驚siu^{n} chhóng-pōng若hut m̄ tio̍h--去，tāi-chì 就bē 收山，無ta-ôa，bih tī 窗á 邊偷聽偷看，看A-chiáng ta̍k 個月lóng 會偷走出來1 暝是leh 變siá^{n}-mih báng。

蠟燭á 火soah hoa--去，暗bin-bong，看lóng 無，liam-mi 就聽著缺--á m̄ 知leh 念siá^{n} 咒語，念真久，了後，缺--á ê 聲soah 變cha-po͘ 聲，kap A-chiáng leh 應答，這時，勇--á 知--a，A-chiáng 是來hō͘ 缺--á 替i 牽尪姨，牽hit 個本底kap i 訂婚tī 農會食thâu-lō͘ 尾--á 騎Vespa hō͘ 貨物á 車lòng--死ê。

知影in bó͘ m̄ 是外口討契兄了後，勇--á 心情有khah好，kap A 忠koh 有講有笑，i kā tàu-tīn--ê 講ka-tī 不應該o͘-pe̍h 懷疑ka-tī ê bó͘，i 是走去缺--á hia 牽尪姨beh chhōe hit 個無緣--ê，講--來，也算真有情。A 忠講活人bē-sái kap 死人計較，世間無人講活人leh kap 死人淊醋酸--ê，安慰i 寬心過日。

Tāi-chì 到chia iáu 未煞，這chām 時間，勇--á soah 愈

想愈gêng心，明明我這個活人chiah-nī愛--你、惜--你，你iáu未滿足，ta̍k個月去chhōe死人靈魂，kám講死人會討趁飼--你？A-chiáng ê心iáu附tī別人身軀頂，雖bóng講是死--去ê人，活人m̄是bē kap死人計較，若牽涉著愛情，siáⁿ-mih都有人leh計較！勇--á正面kā A-chiáng講出i ê不滿。人A-chiáng mā真Ahsari，講bē koh去chhōe缺--á牽尪姨--a，請翁婿免hiah kāu操煩。

過2個月，缺--á搬去新牛庄á，kā牽尪姨kap收驚ê業務lóng移交hō͘ i ê得意門徒A-chiáng。缺--á感覺A-chiáng比i khah有神緣，ta̍k暗ná牽ná教，代價是A-chiáng ài kā hit組修chéng甲、漆chéng甲li-li khok-khok ê ke-si thâu-á送--i。

A-chiáng ùi chéng甲花變尪姨了後，勇--á厝--nih有人tàu趁，聽講有偆kóa錢，i做khang-khòe mā無khah早hiah kut力拚勢。In bó͘若leh牽尪姨ê時，就講i生時bē合，bē-sái tī邊--á，若無，神魂bē óa--來，

叫勇--á去chhōe A忠chhit-thô。A忠看勇--á ê面愈來目頭愈kat，問i講是m̄是iáu leh kap死人計較？I koh m̄承認，這款症頭連好朋友mā無才tiāu醫。

A-chiáng做尪姨ê名聲愈來愈響，連外庄--ê mā有人來chhōe，tiāⁿ-tiāⁿ ài kui禮拜前就先排號碼chiah chhiâu有時間，gín-á收驚ê sit頭利純chiah 1碗米，就無允人這項--a。勇--á想講A-chiáng chiah純情ê人，tiāⁿ-tio̍h mā會牽hit個騎Vespa--ê出來講話，頭殼內就浮出khah早，A-chiáng hō͘人載，長頭鬃hō͘風吹tín動，kui路lóng是i快樂ê笑聲，愈想愈有影。Koh過1年，A忠就罕得看著勇--á，聽人hán講i lóng tī街--nih po̍ah-kiáu，真少tńg來庄--nih，i tī街--nih koh kat著1個酒家底ê hóe-kì，2人tī hia有稅1間厝。

差不多A-chiáng尪姨做3年了後，人客siuⁿ chē，mā徙去khah鬧熱ê街--nih開堂，叫勇--á kā hit個hóe-kì做夥chhōa tńg來tòa，正式變勇--á ê細姨，m̄-koh，A-chiáng kāng款溫純好性地，大bó͘細姨

m̄-bat oan-ke，精差過無jōa久，hit 個細姨mā leh tòe A-chiáng 學牽尪姨。✍

〔解題〕

非小說，是名小說

——請帶著我讀《Pha 荒 ê 故事》

施俊州

《Pha 荒 ê 故事》(台北：台語傳播，2000.03)要怎麼讀？

讓我們回到1999年。先問一個問題：當年陳明仁有幾個筆名？同年一月，《Pha 荒 ê 故事》首篇——〈大崙 ê a 太 kap 砂龞〉，發表在《台文 BONG 報》(TBBP / 罔報)28期，筆名「Asia Jilimpo」，也是日後成書出版，書皮印的名字(括弧加本名)。當期罔報幹部：社長呂子銘、發行人廖瑞銘、總經理林晳陽；編輯劉杰岳、陳豐惠；總編輯，正是 Jī-lîm-pó A-sià 陳明仁。Bóng-pò 第28期，還登了他的2篇作品：1.吳國禎、「陳明仁」合寫的台語詩〈胭脂〉；2.「Babuja A. Sidaia」的小說〈Làu-sit 孤鳥〉(2007年收入《路樹下ê tō-peh-á》[台北：李江刧台語文教基金會，2007.03])。

經這一番揭露，我們大可整理一下台語作家 Asia Jilimpo ê 眞實作者身份：1954年生，彰化二林鎭原斗里「竹圍á庄人」，本名陳明仁，自稱1985年開始寫台語詩；文學刊物《台文 BONG 報》總編輯(1996.12.15-2000.11.15，TBBP no.3-50)；1988年在獄中完成劇本〈許--家 ê 運命〉，遲至1990年12月以本名刊登在《台灣文藝》122期(創新2號)。1980年代中，寫政論、寫黨外新聞，筆名無數；間以「懷沙」、「陳懷沙」發表華語作品、台語詩。1992年5月，出版漢羅詩集《走揣流浪的台灣》(前衛)；往後，gí-giân kè-ik (語言計劃)理念愈堅，捨漢字「阿仁」、間用「A-jîn」筆名。

1996年10月15日與林哲陽、廖瑞銘、呂子銘、陳豐惠、楊嘉芬、葉國興、林源泉、邱文錫、陳憲國、洪錦田等人創辦罔報；創刊號登「亂倫之作」〈詩人 ê 戀愛古〉，筆名 Babuja A. Sidaia，乃名著《A-chhûn》(台笠，1998.09)系列小說首刊。第9期(1997.06.15，TBBP 9)，以總編輯「陳明仁」名義寫〈Babuja〉，文風尤其詭譎；台語劇〈婦女安全〉發表於14期(1997.11.15)，筆名「Asapuluh Jusiau」，gû-tiáu jû-siâu 的創作個性可見一斑。

像這樣簡潔有力的作者介紹，是很「學術」、很後設的。「後設」，指的是後出文本、後出論述 cover、解釋或否證前文本、前論述，亦即「後設語言」(meta-language)的意思。其實，像這樣的簡介對我們讀陳明仁的小說，或這本「散文故事集」(書名副題)的創意未盡然總是正面。這樣的作者簡介，至少掩蓋了一個事實：回到發表之初的1999年一月，沒幾人知道 Asia Jilimpo 就是陳明仁。

Asia(A舍)是誰？：敘述者的聲音

《Pha 荒 ê 故事》到底要怎麼讀？還是讓我們回到筆名的問題。「Asia Jilimpo」的命名原理，想當然爾：自稱「阿舍」；以故鄉二林、「二林堡」爲姓、爲氏。文本倒有說法：

> 我 hiông-hiông 想著 hit ê cha-bó͘ 人 m̄ 知是 siáng......Nah ē 知影我 ê 小名「A 舍」？我是大孫，出世 tō hō͘ a 公當做金孫，叫我「A 舍」，tō 是「公子、少爺」ê 意思，chit ê 名，kan-ta^{n} goán tau ê 人 án-ni 叫 niâ。(A1文本：〈大崙 ê a 太 kap 砂鼊〉；2000：8)

> Asia ē-sái 講是「亞細亞」，m̄-koh 作者 [Asia Jilimpo] 眞正是1 ê 生活上 ê a 舍，厝內事 lóng m̄-bat，kan-ta^{n} 趣味 tī 文學生活 niâ，眞正是1 ê 來自二林 ê「活寶」。(B1文本：陳明仁,〈Pha 荒 ê 故事 ê 故事〉；2000：8)

整本《Pha 荒 ê 故事》，基本上就是敘述者(narrator)——「A舍」的聲音。單篇發表之始，讀者讀到的即敘述者A舍以今憶昔的(retrospective)描述，也就是作者序文〈Pha 荒 ê 故事 ê 故事〉所說的：「我 ta̍k 篇 lóng 是用現代做起頭，chiah 講 1 ê 50、60年代台灣農業社會 ê 故事……」(v)有時今昔交錯、轉換自然，稍不注意，難以察覺。

刊物版〈Pha 荒 ê 故事 ê 故事〉發表於 Bóng-pò 45期(2000.06.15)，署名「陳明仁」；此時，書已發行。序文一開始就解釋筆名「Asia Jilimpo」的由來，讀者這才知道 Asia Jilimpo 是陳明仁，陳明仁又是 Babuja A. Sidaia。有關作者「名譜」的認知，一方面當然是「知識的累積」、線索的掌握，不過對閱讀審美來說，反而有害亦未可知，至少造成閱讀意識的混亂在所難免，因爲生性 gia̍t-siâu 的作者，竟把自己的名字放進創作文本，成了文學正文內 ê 人物(正文：「文本 text」的另譯)。舉個例子：

> 詩人陳明仁先生 nā 生 tī hit ê 時代，hoān-sè ē-sái 拜 i 做師父，koh 學--幾-步-á。(A2文本：〈乞食：庄ê人氣者〉；2000：16)

> 施俊州 kā Asia 兄講：「施俊州 kah nā hiah 才情，nah ē 學位 the̍h 2 冬--a，iáu leh lōng-liú-lian ?!」(筆者臨時造的句子)

說話者(addresser)「là ka-tī ê 3 字名」，這在語意學上是可以解釋、合理化的。好比上列筆者臨時造的句子，引號內的「施俊州」其實是說話者的自稱。但是，在 A2文本的例子，可以做這般解釋嗎？不管理論上說得通說不通，奉勸讀者別做傻事！因爲這樣做會讓你錯失理解何謂文學「創作」的好機會，讓你讀不懂陳明仁的文學作品，甚至掉進連上帝(陳明仁？)也不希望你掉進去的陷阱。

即便站在求眞的立場，也要講求證據，千萬別輕易說哪篇作品「自傳性非常高」(筆者承認陳明仁作品的自傳性，但否認其自傳性「極高」、非常之高)。證據就在文本內外；眞理已然逃逸如「蹤」(traces)。

匿名作者：隱藏作者的聲音

站在學術或一般閱讀立場，不可妄議「自傳性」，是原則。「自傳」這種文類，其實是不講「自傳性」的；自傳文本，在心照不宣的閱讀契約上，內容公認為眞實(fact)，無須妄議自傳性高或低。這也是文學成規(convention/s)的由來。

「自傳性」，一般用在創作性文本，也就是狹義文學作品。比如鄭溪泮的自傳小說《出死線》(高雄州屏東郡屏東街：醒世社，1926.10.08；台南：開朗，2009.12)，是小說、非自傳。鄭溪泮書寫時採人物化名策略，是證據；作者的朋友賴仁聲，在小說中分「飾」兩個角色——「賴仁聲」與西文先生，是證據之二。

在這個意義上，我們稱 B2文本〈Pha 荒 ê 故事 ê 故事〉是實事性文本，a factual text／事實文本，因為它是「序文」。A1文本，以及《Pha 荒 ê 故事》其他37篇作品(統稱「A文本」)，則不是；它們是「虛構性文本」(fictional texts)。原則上，我們承認實事性文本所披露的一切關乎作者的歷史傳記性(biographical-historical)資料，允為「眞實作者」(actual author)的身份內容。除了序、跋，文學成規所限定的實事性文本、實事文類還有許多；就陳明仁的作品舉例，小說、散文後面附錄 ê「註解」就是。以書版文爲例，《A-chhûn》：〈詩人ê戀愛古〉收錄的13條註解；〈Babuja〉收錄的19條；〈番婆命案〉收錄7條；以及〈海口故鄉〉、〈青春謠〉、〈選舉〉，文章後面的謝詞、刊物說明，或者此地無銀三百兩式愈蓋彌彰的「超現實」補述：

> 這篇小說寫了無1禮拜，梅山瑞里一帶soah大地動，實在是chhiāng-tú-chhiāng-ê，m̄是作者咒讖--ê，請讀者m̄-thang o͘-pe̍h牽拖。(〈選舉〉；1998：371)

這些實事文本(註解)，以「歷史恆眞」的姿勢向讀者喊話；在作者才情發露之餘，愈眞愈假、益假似眞。也就是說，虛構與實事之間，原是相對的。當文本的界線一劃開，文本與文本之間各有各的事實判定標準；文本之外，另一文本的眞理標準或「社會事實」，對此一文本內部的現實(reality)未具有主權。文本界線一旦撤離，有時還眞亂了套。「亂套」的意思是說，讀者終於發覺何爲「眞」、何爲「假」。眞假辨正的同時，創作(creation)的最高誡命——虛構擬眞，也得以證成。

「註解爲假」的最佳例子不是陳明仁，而是陳雷的〈Thâi 狗〉。當初〈Thâi 狗〉發表在《台文通訊》(TBTS)146期(2006.05.15)，文末下了一個 a-sá-pú-luh jû-siâu 的註：「多謝烏嘴--ê kap 阿財同意我用 in ê 名。烏嘴--ê 是台灣土 hong-á，阿財是 ho-lan 獵狗(Deutch hound)，lóng tòa tī 高雄。」(TBTS 146：16)根據另一實事文本〈台語小說的路觀碑：專訪陳雷〉(陳金順採訪，《台文戰線》11〔2008.07〕)，烏嘴--ê、阿財正是台語作家鄭雅怡家養的兩條狗。

話又說回來，「虛構爲眞」還是閱讀要有的基本態度。也就是說，讀者一方面多識有關作者的歷史檔案；二方面，謹守文本的份際、界線，以利辯別多重的敘述聲音：

......a-pa 講我[A舍]寫小說 ê 天份是種著

a 祖--ê......是--lah，舊曆 3 月 14 hit 工，我 1 世人無可能 bōe 記--得......hit 工 mā 是我 ê 生日 ......(A3文本：〈沿路 Chhiau-chhōe Gín-á 時〉；2000：48、54)

1）在 A1文本與 B1文本之間：A1(虛構性文本)與 B1(實事性文本)看似互不矛盾，而是相互補充的關係；敘述者 A 舍似乎就是作者 Asia。Asia Jilimpo 的眞實作者身份一旦確定，兩者的「親密關係」、等同關係即當加以質疑。就創作義虛構原則論，敘述者恆不等於眞實作者。純就《Pha 荒 ê 故事》論，第一人稱敘述者 A 舍只是(真實)作者的替身 persona，非本人。

2）在 A2文本中：讀者把文本中的詩人「陳明仁」理解爲作者的自稱，雖不算太「傻」(因為他在文本中只是裝飾性的存在、戲份微乎其微)，但是這個「陳明仁」與敘述者 A 舍乃截然分立的兩個 characters(人物)。這是文本內部邏輯、文本內部最高眞理標準所決定的，指向隱藏作者(implied author)的存在。隱藏作者是「匿名」的、也無需任何名號，只存在於文本之中，其權威性凌駕敘述者的聲音。敘述者可以說謊、成爲不可靠的敘述者(fallible/unreliable narrator)，但隱藏作者要誠實，「祂」是文本內的至高意志。

3）在A3文本與眞實作者的身份資料之間：眞實作者陳明仁 / Asia Jilimpo / Babuja A. Sidaia 的生日確定爲1954年9月13、農曆8月17，A3文本有關敘述者生日的自白，再次證明：也寫小說的 A 舍，不是你我都認識的那個陳明仁。

文類的問題：是散文，還是小說？

到底要怎麼讀《Pha 荒 ê 故事》？我想，作者也不希望我們讀得如此 chiah̍-la̍t(食力 / 吃力)，搞什麼「隱藏作者」、「眞實作者」勞什子名堂！

「隱藏作者」的成立，無非「創作」過程

自然而然的現象，是敘述的產物，乃針對歷史性詮釋視野(妄議自傳性)的反動。就讓文本領著我們讀吧！這「文本」非僅是複數的，還包括符號化的「社會事實」(賴仁聲用語)。

謹守文本份際，是第一要義。這不難！謹守文本與文本之間的界線，讓讀者耳聰目明、清楚察知多元的敘述聲音，免得不分青紅皀白把「敘述者」、「眞實作者」、「隱藏作者」這些理論範疇混爲一談。如此一來，文學創意、作者的才情方得以在閱讀進程顯豁，且見山又是山：文本的界線當然是約定俗成的，一如文類。

針對陳明仁的詩歌創作，筆者曾提出淺見，認爲他的詩(廣義)在文類表現上，有跟他人不一樣的特色：詩(狹義)、歌分離。也就是，兩種文類都寫，但謹守詩、歌的創作成規；同不少台語詩人從歌謠體起筆再超越歌謠體，甚至專業寫歌謠體的創作風格兩樣。我們不禁要問：陳明仁的散文、小說，是否也像這樣各走各的道？

答案顯然是否定的。小說、劇本合集《A-chhûn》的小說屬性，備受質疑，是一例；《Pha 荒 ê 故事》究屬散文還是小說，坊間也議論紛紛。先談〈Babuja〉。

1996年10月15《台文 Bong 報》月刊創刊，發行所：台文罔報雜誌社，前身可以說是(台北)台文寫作會；雜誌社登記後，寫作會繼續運作至今，出了好幾位小說寫手，比如洪錦田、楊嘉芬(前兩期主編)、清文(朱素枝)、Voyu Taokara Lâu(劉承賢)、藍阿楠(藍春瑞)。陳明仁是罔報創社「頭人」之一；第3期設總編輯一職，即由他接任。考慮到新刊物稿源的問題，陳明仁以本名、「A-jîn」發表文章、寫劇本，還化名 Babuja A. Sidaia、Asia Jilimpo 寫「散文」和小說。後來結集出版的《A-chhûn》(1998)，除了早年劇作〈許--家 ê 運命〉，各篇即「連載」於罔報1-23期，逐號、累月皆有。

〈詩人 ê 戀愛古〉爲「BONG 報小說」(欄位名)第一炮，連刊3期；接著，〈A-chhûn〉(no.4)、〈二二八事件〉(no.5-6)皆有可觀之處。怪的是，罔報第9期(1997.06.15)竟登了1篇「散文」——〈Babuja〉，署名「陳明仁」、非 Babuja A. Sidaia，而且欄位照舊、刊在「BONG 報小說」欄。劇本不論，短篇小說集《A-chhûn》最引人非議的，就是這篇。

論者白紙黑字質疑《A-chhûn》的小說屬性，是近來的事。不過，據筆者所知，這與《台語小說精選卷》(台北：前衛，1998.10)未收陳明仁的作品，兩者理由是兩碼事；主編宋澤萊並非因爲不承認 Babuja 的作品是小說，或對其評價不高而「棄選」。兩件公案有無因果關連，則不得而知。《A-chhûn》的文類定位，是可受公評之事，畢竟在文類理論中，散文與小說分殊，有其相對客觀的判定標準，不是一兩個人說了算。可議的是，論者標準不一又失之窄狹，操作術語不明究理；言談之間，隱隱約約透露一種小說高於散文的偏見。在此文類偏見下，散文〈Babuja〉大有無足道哉的樣子了。

論者稱〈Babuja〉是散文，乃謹守文本份際之見，不過缺乏互文(intertextual)視野，可謂「見山是山」。筆者的看法稍有不同。單獨看，〈Babuja〉確實是散文，是陳明仁以現任總編輯的身份，談論罔報作者的一篇獨白、「編後記」；裡頭完全沒有對話，遑論情節(plot：事件、口白、動作描述，是情節的基本單位)？在單篇文本的封閉迴路，Babuja A. Sidaia只是第一人稱 persona 談論的對象，不是小說 character：

> 問 i 本名是 siá^{n}-mih，i 頭起先 m̄ 講……尾手 chiah 講 i mā m̄ 知 ka-tī 叫 siá^{n} 名……原本 beh 自稱「Rojia」，照漢字 ê 慣勢 soah 變「羅兹亞」……想來想去，iáu 是 tòa in 附近海線 ê Babuja 族 ê 名上好，tō ka-tī 號 chit ê 筆名「Babuja A. Sidaia」，A. 是 A-sá-put-luh ê 簡寫，tō 是講 i 寫--ê 全是 chit-kóa 有--ê 無--ê，免 siu^{n} 認眞讀。Sidaia 是台灣上大 ê 平埔族……「Siraiya」iah 是「Chiraia」，i 自認是假 pâu--ê，thiau-

tî án-ni 寫。按算bē kàu，小說刊--出-來了後，chē-chē 朋友lóng lia̍h-chún 是我 ê 筆名，解說講我是彰化二林人，叫 Babuja 無 m̄-tio̍h，A. 是 A 仁 ê 簡寫，Sidaia 是 goán bó͘ A 惠 ê 名，in tau 是台南 Siraiya 族--ê，我 tòe 平埔 ê 慣勢，娶 bó͘ tòe bó͘ 姓……(TBBP 9：9)

論戲劇性，小說乃文字的戲劇式展演；說是戲劇的文字化、舞台說明化簡為繁的劇本，也無不可。〈Babuja〉看似了無戲劇性，既非「你」在場卻未現身的戲劇性獨白(dramatic monologue, e.g.〈Làu-sit 孤鳥〉)，也無呼格式(vocative)、頓呼格(apostrophe)式第二人稱，或擬人擬聲(prosopopoeia)式說話者(animated speaker/narrator)。文本的邊界一旦撤防，場面大不相同；A 文本與 B 文本相互參照、虛構性文本彼此後設，讀者終於瞭然在胸：〈Babuja〉是陳明仁假扮的聲音，是其他小說文本的散文式補遺；Babuja A. Sidaia 這才成了如假包換的「人物」，非論者夾纏不清的隱藏作者、眞實作者。論者大有無足道哉的感慨，原是對小說創作多音本質的最大遺憾與失察，管他散文還是小說！

至於《Pha 荒 ê 故事》到底是散文、是小說，筆者曾下一個萬不得已的判斷：包裹而言，《Pha 荒 ê 故事》是小說家寫的散文，個案另議。

散文的證據、小說的狐狸尾巴

〈Babuja〉是小說家「說謊」之作，就算是散文吧，也是上乘！相較之下，《Pha 荒 ê 故事》成了小說至上論者犬儒視野的漏網之魚，想必是作者自稱「『散文』故事」、「『散文』小說」，對小說至上論似無威脅，論者「大有無足道哉」的緣故。

話雖如此，文友卻竊竊私語。《Pha 荒 ê 故事》的散文太不「典型」了，詩人陳明仁、小說家 A 舍／Asia Jilimpo 如何成爲「散文(大)

家」(論者用語)？

《Pha 荒 ê 故事》各篇，大多沒有完整的情節(plot)，但有完整的故事(story)。敘述者 A 舍，似乎在爲這個問題提供說法：「這個時代，tiāⁿ-tio̍h 有人 m̄ 知這款行業對古早台灣人 ê 意義，請 hō͘ 我 chit ê 講古--ê 兼辯士，加話做 1 ê 解說。」(〈牽尪姨〉；2000：101)

> 尪姨應該是平埔族風俗慣勢 ê 1 種身份，tī 現代語叫做「通靈 ê 人」，替人 kā tú 死無 jōa 久 ê 親人牽來面會講話叫做「牽亡」，若死眞久--a，iah 是講 kap 對方無 siáⁿ 親 chiâⁿ 關係--ê beh 引來問話 tō͘ 講是「牽尪姨」。收驚是「小兒科……(101)

敘述者的說法當然未盡可信，不管從文本內的眞理標準，或文本外的社會現實說；敘述者 A 舍，稱自己是「講古--ê 兼辯士」，不就代表作者 Asia Jilimpo 也是，更不說《Pha 荒 ê 故事》是「講古」文本。(眞實作者確實有辯士經驗)然而，「講古」這個動作，或者像辯士那樣即興「再」演繹電影敘事，對我們釐清《Pha 荒 ê 故事》的文類問題確實有幫助。說書人「講古」的模式，一句話：以今憶古。「古」爲主體，戲劇性可以很強，是原則；由於「講古」這種文化活動的現場性，「今」的份量也因人而異。

拿小說來套，「今」的內涵如果解釋成敘述者「加話做 1 ê 解說」，這「多」(加)出來的「話」又一副散文橋段，那麼小說的戲劇性就會降低；〈牽尪姨〉就這樣，以超出一頁的篇幅讓敘述者介紹「尪姨」的職份與社會功能，筆者稱「散文的證據」。我們有理由相信，這是「巢窟散文」系列寫作有意爲之的風格，是《Pha 荒 ê故事》講「古」(story)之外，順手牽羊介紹拋荒價値觀、介紹「pha-hng 鄉土智識」的設計。類此寫作動機，形諸作品的，在台語文學界有個極端的例子：黃元興的「講古小說」。差別在於：這種手法讓陳明仁的「小說」，「兼有散文(詩)的氣味」(B1文本，2000：

iii)；黃元興作品中的鄉土知識，卻已宣賓奪主。(考慮黃的主觀動機，筆者所謂的賓、主，恐怕要再易位。他認為，所謂「古」就是那些鄉土知識，是寫作重點？)

「巢窟散文」欄，自罔報33期刊〈乞食：庄 ê 人氣者〉，改爲「Pha 荒 ê 故事」欄；以此爲名的，共4篇：〈大崙 ê a 太 kap 砂礱〉(TBBP 28：1999.01)、〈過年 ê gī-niū：Hit 暝看 a-pa po̍ah-kiáu〉(29：1999.02)、〈Chéng甲花〉(31：1999.04)、〈沿路 chhiau-chhōe gín-á 時〉(32：1999.05)。〈過年 ê gī-niū〉「là po̍ah-kiáu ê 智識」(介紹賭博的種類)，是很顯眼的；其他3篇，交代原斗里(竹圍 á、橋 á 頭) ê 地理位置、族群關係，破題介紹「chéng 甲花」、「挽面」，介紹曾風行一時的在地特產金香葡萄，契作 Gō-lú-lián(Golden) phû-tô，鄉土知識化整爲零，穿插在以人物、事件爲宗的靜態 sketch (見聞概述)當中；絕少對話的行文，一不小心即按捺不住「小說的證據」——三兩句經典口白：

……老師疼--i，叫 i kap 我坐做夥。

我自細漢 tō 無 kāng 年歲 ê cha-bó͘ gín-á 伴，bē-hiáu kap 異性 chih 接，m̄ 敢 kap i 講話，連 beh 看--i to m̄ 敢，kan-taⁿ 趁 i 無注意，用目尾去 kā 偷掃。

我永遠 ē 記得 i 開 chhùi kā 我講 ê 頭1句話：

「請你 mài 搖椅 á。」

(〈沿路 chhiau-chhōe gín-á 時〉；2000：49)

評論家認定陳明仁先寫詩，寫了〈詩人 ê 戀愛古〉(1996)才轉向散文、小說創作。不知道這種表面文章，跟小說至上論的「焦慮」心理是否有關？這類經驗性歸納看似合理、符實(3本歌、詩別集在1996年就出齊了)，卻忘了陳明仁是搞戲、寫劇本出身。1982年去美國，還主修莎士比亞呢！在筆者看來，陳明仁是很小說本色的。早期寫詩，不乏「小說家寫詩」之風；除了創作本身的需要，運動策略、媒體生態，想也是壓抑他敘事一時一地的外緣條件。

讀者別忘了，陳明仁早在《BONG 報》創刊初期，後在《海翁台語文教育季刊》寫「心適台語」、「專業行話」欄，都還訴諸對話、敘事！那麼「語言」的主題尚且如此，何況這麼「文學」ê 巢窟散文？

小說本色是欲蓋彌彰的。話說陳明仁透過「論」述尪姨的職份、社會功能，成全〈牽尪姨〉的散文色彩；由類似的「鄉土知識」主題，寫成〈地理 Gín-á先〉，則藉 A 舍、A 龍的「問答錄」驗證了小說。所謂「情節」：事件、人物動作(廣義包括口白)組成的分析單位，是爲了揭露主題、說明人物關係、鋪陳事件，有關人物、事件和動作的整體藝術性安排。我們說《Pha 荒 ê 故事》諸篇情節多不完整，理由之一：作者使用了「代言體」，卻用最簡便的方法：引號拿掉，不讓人物(自己)「說話」。代言體固然壓抑了戲劇性，是散文的證據；不過，也是小說的狐狸尾巴，輕易可以還原的。

抓住狐狸的尾巴，有血有肉的「故事」就

能還原回來、成爲一篇完整「小說」。Châu-khut「散文」，有影是姑不 jī-sa^{n}-sì-gō͘ 衷 ê 講法。

小說者，非小說，是名小說！這樣的評論，對創作、對運動，才是妙用。

——2012/8/30鹽埕南港

〔附錄〕

《拋荒的故事》

有聲出版計畫(共6輯)

第一輯：	1.地理囡仔先 2.新婦仔變尪姨 3.改運的故事 4.大崙的阿太佮砂鼈 5.指甲花 6.牽尪姨	田庄 傳奇紀事
第二輯：	1.愛的故事 2.濁水反清清水濁 3.顧口的佮辯士 4.再會，故鄉的戀夢 5.來惜--仔佮罔市--仔的婚姻 6.發姆--仔對看的故事	田庄愛情 婚姻紀事
第三輯：	1.離緣 2.Hip 相師父 3.紅襪仔廖添丁 4.Gōng 清--仔買獎券著大獎 5.咖啡物語 6.山城聽古	田庄 浪漫紀事

第四輯：1.沿路 tshiau-tshuē 囡仔時
2.飼牛囡仔普水雞仔度
3.Khioh 稻仔穗
4.甘蔗園記事
5.十姊妹記事
6.來去掠走馬仔

田庄
囡仔紀事

第五輯：1.乞食：庄的人氣者
2.Lôo-muâ 松--仔
3.樂--仔的音樂生涯
4.Sia̍u 德--仔掠牛
5.祖師爺掠童乩
6.純情王寶釧

田庄
人氣紀事

第六輯：1.印尼新娘
2.老實的水耳叔--仔
3.清義--仔選里長
4.豬寮成--仔佮阿麗
5.一人一款命
6.稅厝的紳士

田庄
運氣紀事

台灣羅馬字音標符號及例字

聲母

合唇音	p 褒	ph 波	m 摩	b 帽
舌尖音 (舌齒音)	t 刀	th 桃	n 那	l 羅
舌根音	k 哥	kh 科	ng 雅	g 鵝
舌面音	ts 槽 之	tsh 臊 痴	s 挲 詩	j 如 字
喉　音	h 和好			

韻母

主要母音	a	i	u	e	o(ə)	oo(ɔ)
	阿	衣	于	挨	蚵	烏

鼻聲主母音	a^n	i^n		e^n	o^n	
	餡	圓		嬰	唔	
複母音	ai	au	ia	iu	io	(ioo)
	哀	歐	野	憂	腰	喲
	ua	ui	ue	uai	iau	
	娃	威	鍋	歪	夭	
鼻聲複母音	ai^n	au^n	ia^n	iu^n	io^n	
	偝	懊	營	鴦	羊	
	ua^n	ui^n	ue^n	uai^n	iau^n	
	碗	○	○	歪	喵	
入聲韻母 p t k	ap	at	ak	ip	it	ik
	壓	遏	握	揖	一	億
	op	ut	ok	iap	iat	iak
	○	鬱	惡	葉	謁	○
		uat	iok			
		越	約			
入聲韻母 h	ah	ih	uh	eh	oh	ooh
	鴨	噫	噎	厄	偲	喔
	auh	iah	uah	ueh	ioh	iuh
	○	挖	哇	喂	臆	○
	a^nh	i^nh	e^nh	o^nh	mh	ngh
	○	○	○	○	○	○

韻尾母音

am	an	ang	im	in	ing
庵	安	尪	音	因	英
om	un	ong	iam	ian	iang
掩	溫	翁	閹	煙	央
	uan	uang			iong
	彎	嚾			勇
m		ng			
姆		黃			

聲調

1	2	3	4	5	6	7	8
第一聲	第二聲	第三聲	第四聲	第五聲	第六聲	第七聲	第八聲
	´	`		^		-	|
獅	虎	豹	鱉	牛	馬	象	鹿
sai	hóo	pà	pih	gû	bé	tshiū^{n}	lo̍k
am	ám	àm	ap	âm	ám	ām	a̍p
庵	泔	暗	壓	醃	泔	頷	盒

in	ín	ìn	it	în	ín	īn	i̍t
因	允	印	一	寅	允	孕	一(tsi̍t)
ong	óng	òng	ok	ông	óng	ōng	o̍k
翁	枉	盎	惡	王	汪	蓊	嘔

變調

雞	鳥	燕	鴨	鵝	狗	蟹	葉
ke	tsíau	ì^{n}	ah	gô	káu	hē	hio̍h
↓	↓	↓	↓	↓	↓	↓	↓ 低入
kē	tsiau	í^{n}	a̍h	gō	kau	hè	hioh
仔	仔	仔	仔	仔	仔	仔	仔

王育德

世界台語研究權威

台灣獨立運動教父

王育德博士是世界語言學界所公認的台灣語學權威，也是無數台灣熱血青年的思想啓蒙者，他自1949年逃亡日本，迄1985年逝世爲止，一直都是國府頭痛的黑名單人物，不僅本身無法再回到他心愛的故鄉台灣，連他在日本出版的全部著書，在台灣也都屬「禁書」之列，台灣人大都無緣讀到。

王先生的著作涵蓋面很廣，除學術性的台灣話、福建話研究之外，也包含專門性的歷史學、政治、社會、文學評論，及創作性的小說、隨筆、劇本等，在各該領域都屬出類拔萃的佼佼者，尤其筆下懷帶台灣意識和感情，素爲日本學界及台灣人社會所敬重。

身爲台語研究學者兼台獨運動理論大師，王先生的著述是台灣人學識的智慧結晶，也是台灣良知的總體表露，即使放之世界，亦能閃耀金字塔般的光芒。前衛出版社忝爲專業台灣本土出版機構，企劃出版【王育德全集】是多年來的宏願、使命和責任。由於王先生的著作全部都以日文寫成，前衛社特別成立編輯委員會加以彙整漢譯，共編爲15卷。

王先生有言，他寫書的最主要目的，是要寫給台灣人閱讀，今【王育德全集】能完整地在他朝思暮想的台灣故鄉出版發行，是歷史公道，也是淑世天理。

Pioneering in Formosa
歷險
福爾摩沙
台灣經典寶庫5
W. A. Pickering
(必麒麟) 原著
陳逸君 譯述
劉還月 導讀
19世紀最著名的「台灣通」
野蠻、危險又生氣勃勃的福爾摩沙
Recollections of Adventures among Mandarins,
Wreckers, & Head-hunting Savages

前衛出版
AVANGUARD

福爾摩沙及其住民

國家圖書館出版品預行編目資料

抛荒的故事. 第一輯, 田庄傳奇紀事 / 陳明仁原著；黃之綠, 廖秀齡漢字改寫. - - 初版. - - 台北市：前衛，2012.10
264面；13×18.5公分

ISBN 978-957-801-698-9(附2CD光碟片)

863.57　　101020446

抛荒的故事

第一輯, 田庄傳奇紀事

原　　著　Asia Jilimpo 陳明仁
漢字改寫　黃之綠　廖秀齡
中文註解　廖秀齡　陳明仁
特約插畫　陳飛塵
美術設計　大觀視覺顧問
內頁排版　宸遠彩藝
責任編輯　番仔火
出 版 者　前衛出版社
10468 台北市中山區農安街153號4F之3
Tel：02-25865708　Fax：02-25863758
郵撥帳號：05625551
e-mail：a4791@ms15.hinet.net
http://www.avanguard.com.tw
出版總監　林文欽
法律顧問　南國春秋法律事務所林峰正律師
總 經 銷　紅螞蟻圖書有限公司
台北市內湖舊宗路二段121巷28、32號4樓
Tel：02-27953656　Fax：02-27954100
出版日期　2012年10月初版一刷

定　　價　1書2CD新台幣600元

Printed in Taiwan　ISBN 978-957-801-698-9